定情人

[清] 不题撰人 著

二十一世纪出版社集团
21st Century Publishing Group
21

图书在版编目(CIP)数据

定情人/(清)不题撰人著．—南昌:二十一世纪出版社集团,2016.8(2025.7重印)

(经典书香．中国古典禁毁小说丛书)

ISBN 978-7-5568-2102-0

Ⅰ.①定… Ⅱ.①不… Ⅲ.①章回小说-小说集-中国-清代 Ⅳ.①I242.4

中国版本图书馆CIP数据核字(2016)第174628号

新浪微博:@二十一世纪出版社官方

定情人 不题撰人/著

策　　划 余伯刚
责任编辑 敖登格日乐
出版发行 二十一世纪出版社集团
(江西省南昌市子安路75号　330009)
www.21cccc.com. cc21@163.net
出 版 人 张秋林
经　　销 新华书店
印　　刷 三河市明华印务有限公司
版　　次 2016年10月第1版
印　　次 2025年7月第3次印刷
开　　本 620mm×889mm　1/16
印　　张 10.5
字　　数 96千字
书　　号 ISBN 978-7-5568-2102-0
定　　价 28.00元

赣版权登字—04—2016—584

前　言

《定情人》全称为《新镌批评绣像秘本定情人》，成书于清代，是一部“才子佳人”类小说，署名为荻岸山人。荻岸山人是何许人也，至今仍无定论。

故事讲述四川双流县宦家子弟双星与浙江绍兴府江蕊珠的婚姻事。双星早年丧父，老母央人作媒，希望他早日娶妻生子。但双星发誓，若不遇定情之人，情愿一世孤单。游学至绍兴府，与江蕊珠小姐相识，两人情投意合，私订婚约，邻县赫公子曾向蕊珠求婚，因江家拒婚，遂买通姚太监，选江蕊珠入宫，江蕊珠投水守身殉情。双星考中状元，屠附马欲招为婿，双星拒绝，屠附马遂派他出国履险。双星不辱使命，因功受封，知蕊珠未死，有情人终成眷属。

明末清初的才子佳人小说，被学术界视为从《金瓶梅》到《红楼梦》的过桥，在中国小说发展史上占有比较重要的地位。这一批小说，形成了一种较为固定的“圆形”叙事模式，即“一见钟情——小人拨乱——及第团圆”。《定情人》的圆形叙事结构运用得十分纯熟，这种叙事模式的形成，与传统文化、传统思想意识的积淀以及明末清初的这个特定的历史时期有着密切的关系。小说反映了封建礼教、封建婚姻制度，与青年男女要求婚姻恋爱自由，向往幸福美满生活的尖锐矛盾；并与资本主义萌芽阶段的初期民主思想激荡、个性解放思想相适应。

《定情人》在艺术上对以往的文学传统有所继承，并对后来小说的发展产生了积极的影响。小说描写细致生动，故事紧凑，文笔流畅，是明末清初才子佳人文学作品中难得的佳作。

这次出版，对原书中一些错漏、笔误之处，分别做了校勘和修正，以便于读者阅读。由于时间仓促，水平有限，其中难免有疏漏之处，望专家、读者予以指正。

编　者

2016 年 5 月

目　　录

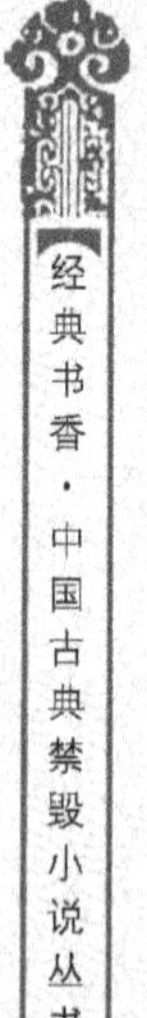
经典书香·中国古典禁毁小说丛书

第　一　回

本天伦谈性命之情　遵母命游婚姻之学

诗曰：

好色原兼性与情，故令人欲险难平。

苦依胡妇何曾死，归对黎涡尚突生。

况是轻盈过燕燕，更加娇丽胜莺莺。

若非心有相安处，未免摇摇作旆旌。

话说先年，四川成都府双流县，有一个宦家子弟姓双，因母亲文夫人梦太白投怀而生。遂取名做双星，表字不夜。父亲双佳文曾做过礼部侍郎。这双星三岁上，就没了父亲，肩下还有个兄弟叫做双辰，比双星又小两岁。兄弟二人因父亲亡过，俱是双夫人抚养教训成人。此时虽门庭冷落，不比当年，却喜得双星天生颖异，自幼就聪明过人，更兼姿容秀美，矫矫出群。年方弱冠，早学富五车，里中士大夫见了的，无不刮目相待。

到了十五岁上，偶然出来考考耍子，不期竟进了学。送学那一日，人见他簪花挂彩，发覆眉心，脸如雪团样白，唇似朱砂般红，骑在马上，迎将过去，更觉好看。看见的无不夸奖，以为好个少年风流秀才，遂一时惊动了城中有女之家，尽皆欣羡，或是央托朋友，或是买嘱媒人，要求双星为婿。不期双星年纪虽小，立的主意倒甚老成，自小儿有人与他说亲，他早只是摇头不应。母亲还只认他做孩提，不知其味，孟浪回人。

及到了进学之后，有人来说亲，他也只是摇头不允。双夫人方着急问他道："婚室乃男子的大事，你幸已长成，又进了个学，又正当授室之时，为何人来说亲，不问好丑，都一例辞去，难道婚姻是不该做的？"双星道："婚姻关乎宗嗣，怎说不该？但孩儿年还有待，故辞去耳。"双夫人道："娶虽有待，若有门当户对的，早定下了，使我安心，亦未为不可。"双星道："若论门户，时盛时衰，何常之有，只要其人当对耳。"双夫人道："门户虽盛衰不常，然就眼前而论，再没有个不检盛而检衰的道理。若说其人，深藏闺阁之中，或是有才无貌；或是有貌无才，又不与人相看，那里知道他当对不当对。大约婚姻乃天所定，有赤绳系足，非人力所能勉强。莫若定了一个，便完了一件，我便放一件心。"双星道："母亲吩咐，虽是正理，但天心茫昧，无所适从，而人事却有妍有媸，活泼泼在前，亦不能尽听天心而自不做主，然自之做主，或正是天心之有在也。故孩儿欲任性所为，以合天心，想迟速高低定然有遇，母亲幸无汲汲。"双夫人一时说他不过，只得听他。

又过了些时，忽一个现任的显宦，央缙绅媒人来议亲。双夫人满心欢喜，以为必成，不料双星也一例辞了。双夫人甚是着急，自与儿子说了两番，见儿子不听，只得央了他一个同学最相好的朋友，叫做庞襄，劝双星说道："令堂为兄亲事十分着急，不知兄东家也辞，西家也拒，却是何意，难道兄少年人竟不娶

么?”双星道:“夫妇五伦之一,为何不娶?”庞襄道:“既原要娶,为何显宦良姻,亦皆谢去?”双星道:“小弟谢去是非且慢讲,且请教吾兄所说的这段亲事,怎见得就是显宦,就是良姻?”庞襄道:“官尊则为显宦,显宦之女,门楣荣耀,则为良姻。人人皆知,难道兄转不知?”

双星听了大笑道:“兄所论者,皆一时之浅见耳。若说官尊则为显宦,倘一日罢官降职,则宦不显矣。宦不显而门楣冷落,则其女之姻,良乎不良乎?”庞襄道:“若据兄这等思前想后,说起来,则是天下再无良姻矣。”双星道:“怎么没有?所谓良姻者,其女出周南之遗,住河洲之上,关雎赋性,窈窕为容,百两迎来,三星会合,无论宜室宜家,有鼓钟琴瑟之乐。即不幸而贫贱,糟糠亦画春山之眉而乐饥,赋同心之句而偕老,必不以夫子偃蹇,而失举案之礼,必不以时事坎坷,击乖唱随之情。此方无愧于伦常,而谓之佳偶也。”

庞襄听了,也笑道:“兄想头到也想得妙,议论到也议得奇,若执定这个想头议论去娶亲,只怕今生今世娶不成了。”双星道:“这是为何?”庞襄道:“孟光虽贤却非绝色,西施纵美岂是淑人?若要兼而有之,那里去寻?”双星道:“兄不要看得天地呆了,世界小了。天地既生了我一个双不夜,世界中便自有一个才美兼全的佳人与我双不夜作配。况我双不夜胸中又读了几卷诗书,笔下又写得出几篇文字,两只眼睛,又认得出妍媸好歹,怎肯匆匆草草,娶一个语言无味,面目可憎的丑妇,朝夕与之相对?况小弟又不老,便再迟三五年也不妨。兄不要替小弟担忧着急。”庞襄见说不入，只深别了，报知双夫人道："我看令郎之意，功名他所自有，富贵二字全不在他心上。今与媒人议亲，叫他不要论门楣高下，只须访求一个绝色女子，与令郎自相中意，方才得能成事。若只管泛泛撮合，断然无用。"双夫人听了，点头道是，遂吩咐媒人各处去求绝色。

过不得数日，众媒人果东家去访，西家去寻，果张家李家寻访十数家出类拔萃的标致女子，情愿与人相看，不怕人不中意。故双夫人又着人请了庞襄来，央他撺掇双星各家去看。双星知是母命，只得勉强同着庞襄各家去看。庞襄看了，见都是十六、七、八岁的女子，生得乌头绿鬓，粉白脂红，早魂都消尽，以为双星造化，必然中意。不期双星看了这个嫌肥，那个嫌瘦，不厌其太赤，就怪其太白，并无一人看得入眼，竟都回复了来家。

庞襄不禁急起来，说道："不夜兄，莫怪小弟说，这些女子，夭夭如桃，盈盈似柳，即较之沉鱼落雁，闭月羞花，也自顾不减，为何不夜兄竟视之如闲花野草，略不注目凝盼，无乃矫之太过，近于不情乎？"双星道："吾非情中人，如何知情之浅深？所谓矫情者，事关利害，又属众目观望，故不得不矫喜为怒，以镇定人心。至于好恶之情，出之性命，怎生矫得？"庞襄道："吾兄矫情，难道这些娇丽女子，小弟都看得青黄无主，而仁兄独如司空见惯，而无一人中意，岂尽看得不美耶？"双星道："有女如玉，怎说不美。美固美矣，但可惜眉目无咏雪的才情，吟风的韵度，故少逊一筹，不足定人之情耳。"

庞襄道："小弟只以为兄全看得不美，则无可奈何。既称美

矣，则姿容是实，那些才情韵度，俱属渺茫，怎肯舍去真人物，而转捕风捉影，去求那些虚应之故事，以缺宗嗣大伦，而失慈母之望，岂仁兄大孝之所出。莫若勉结丝萝，以完夫妻之案。”双星道：“仁兄见教，自是良言。但不知夫妻之伦，却与君臣父子不同。”庞襄道：“且请教有何不同？”双星道：“君臣父子之伦，出乎性者也，性中只一忠孝尽之矣。若夫妻和合，则性而兼情者也。性一兼情，则情生情灭，情浅情深，无所不至，而人皆不能自主。必遇魂消心醉之人，满其所望，方一定而不移。若稍有丝忽不甘，未免终留一隙。小弟若委曲此心，苟且婚姻，而强从台教，即终身无所遇，而琴瑟静好之情，尚未免歉然。倘侥幸击再逢道蕴、左嫔之人于江皋，却如何发付？欲不爱，则情动于中，岂能自制；若贪后弃前，薄幸何辞？不识此时，仁兄将何教我？”

庞襄道：“意外忽逢才美，此亦必无之事。设或有之，即推阿娇之例，贮之金屋，亦未为不可。”双星笑道：“兄何看得金屋太重，而才美女子之甚轻耶？倘三生有幸，得遇道蕴、左嫔其人者，则性命可以不有，富贵可以全捐。虽置香奁首座以待之，犹恐薄书生无才，不亵于归，奈何言及金屋？金屋不过贮美人之地，何敢辱我才慧之淑媛？吾兄不知有海，故见水即惊耳。”

庞襄道：“小弟固不足论，但思才美为虚名虚誉，非实有轻重短长之可衡量。桃花红得可怜，梨花白得可爱，不知仁兄以何为海，以何为水？”双星道：“吾亦不自知孰为轻重，孰为短长，但凭吾情以为衡量耳。”

庞襄道：“这又是奇谈了。且请教吾兄之情，何以衡量？”双星道："吾之情，自有吾情之生灭浅深，吾情若见桃花之红而动，得桃花之红而即定，则吾以桃红为海，而终身愿与偕老矣。吾情若见梨花之白而不动，即得梨花之白而亦不定，则吾以梨花为水，虽一时亦不愿与之同心矣。今蒙众媒引见，诸女子虽尽是二八佳人，翠眉蝉鬓，然觌面相亲，奈吾情不动何！吾情既不为其人而动，则其人必非吾定情之人。实与兄说吧，小弟若不遇定情之人，情愿一世孤单，决不肯自弃，我双不夜之少年才美，拥脂粉而在衾被中做聋聩人，虚度此生也。此弟素心也，承兄雅爱谆谆，弟非敢拒逆，奈吾情如此，故不得不直直披露，望吾兄谅之。"庞襄听了，惊以为奇。知不可强，遂别去，回复了双夫人。双夫人无可奈何，只得又因循下了。正是：

纷丝纠结费经纶，野马狂奔岂易驯。

情到不堪宁贴处，必须寻个定情人。

过了些时，双夫人终放心不下，因又与双星说道："人生在世，唯婚宦二事最为要紧，功名尚不妨迟早，唯此室家，乃少年必不可缓之事。你若只管悠悠忽忽，叫我如何放得心下。"双星听了，沉吟半晌道："既是母亲如此着急，孩儿也说不得了，只得要上心去寻一个媳妇来，侍奉母亲了。"双夫人听了，方才欢喜道："你若肯自去寻亲，免得我东西求人，更觉快心，况央人寻来之亲，皆不中你之意，但不知你要在那里去寻？"双星道："这双流县里，料想寻求不出。这成都府中，悬断也未便有。孩儿只得信步而去，或者天缘有在，突然相遇，也不可知，那里定得地方？却喜兄弟在母亲膝下，可以代孩儿侍奉，故孩儿得以安

心前去。”

双夫人道：“我在家中，你不须记挂。但你此去，须要认真了辗转反侧的念头，先做完了好逑的题目，切莫要又为朋友诗酒流连，乐而忘返。”双星道：“孩儿怎敢。”双夫人又说道：“我儿此去，所求所遇，虽限不得地方，然出门的道路，或山或水，亦必先定所向往，须与娘说明，使娘倚闾有方耳。”双星道：“孩儿此去，心下虽为婚姻，然婚姻二字，见人却说不出口，只好以游学为名。窃见文章气运，闺秀风流，莫不胜于东南一带，孩儿今去，须由广而闽，由闽而浙，以及大江以南，细细去游览那山川花柳之妙。孩儿想地灵人杰，此中定有所遇。”

双夫人听见儿子说得井井凿凿，知非孟浪之游，十分欢喜。遂收拾冬裘夏葛，俱密缝针线，以明慈母之爱。到临行时，又忽想起来，取了一本父亲的旧同门录，与他道：“你父亲的同年故旧，天下皆有，虽丧亡过多，或尚有存者。所到之处，将同门录一查自知，若是遇见，可去拜拜，虽不望他破格垂青，便小小做个地主，也强似客寓。”双星道：“世态人情，这个那里望得。”双夫人道：“虽说如此，也不可一例抹杀。我还依稀记得，你父亲有个最相厚的同年，曾要过继你为子，又要将女儿招你为婿，彼时说得十分亲切。自从你父亲亡后，到今十四、五年，我昏懂懂的，连那同年的姓名都记忆不起了。今日说来，虽都是梦话，然你父亲的行事，你为子的，也不可不知。”双星俱一一领受在心。

双夫人遂打点盘缠，并土仪礼物，以为行李之备。又叫人整治酒肴，命双辰与哥哥送行。又捡了一个上好出行的日子，双星拜辞了母亲，又与兄弟拜别，因说道："愚兄出外游学，负笈东南，也只为急于缵述前业，光荣门第，故负不孝之名，远违膝下。望贤弟在家，母亲处早晚殷勤承颜侍奉，使我前去心安。贤弟学业，亦不可怠惰。大约愚兄此去三年，学业稍成，即回家与贤弟聚首矣。"说完，使书童青云、野鹤，挑了琴剑书箱，铺程行李，出门而去。双夫人送至大门，依依不舍。双辰直送到二十里外，方才分手，含泪归家。双星登临大路而行。正是：

琴剑翩翩促去装，不辞辛苦到他乡。

尽疑负笈求师友，谁道河洲荇菜忙。

双星上了大路，青云挑了琴剑书箱，野鹤负了行囊衾枕，三人逢山过山，遇水渡水。双星又不巴家赶路，又不昼夜奔驰，无非是寻香觅味，触景生情，故此在路也不计日月，有佳处即便停留，或登高舒啸，或临流赋诗，或途中连宵僧舍，或入城竟日朱门，遇花赏花，见柳看柳。又且身边盘费充囊，故此逢州过府，穿县游村，毕竟要流连几日，寻消问息一番，方才起行。

早过了广东，又过了福建，虽见过名山大川，接见了许多名人韵士，隐逸高人，也就见了些游春士女，乔扮娇娃，然并不见一个出奇拔类的女子，心下不觉骇然道："我这些时寻访，可谓尽心竭力，然并不见有一属目之人，与吾乡何异？若只如此访求，即寻遍天涯，穷年累月，老死道途，终难邀淑女之怜，岂不是水中捞月，如之奈何？"

想到此际，一时不觉兴致索然，怏怏不快。因又想道："说

便是如此说，想便是如此想，然我既具此苦心，岂可半途隳念，少不得水到成渠，决不使我空来虚往。况且从来闺秀，闺阃藏娇，尚恐春光透泄，岂在郊原岑隰之间，可遇而得也。”因又想道：“古称西子而遇范伯，岂又是空言耶？还是我心不坚耳。”于是又勇往直前。正是：

天台有路接蓝桥，多少红丝系凤箫。

寻到关雎洲渚上，管教琴瑟赋桃夭。

双星主仆三人，在路上不止一日，早入了浙境。又行了数日，双星见山明水秀，人物秀雅，与他处不同，不胜大喜。因着野鹤、青云歇下行囊，寻问土人。二人去了半晌，来说道：“此乃浙江山阴会稽地方，到绍兴府不远了。”双星听了大喜道：“吾闻会稽诸暨、兰亭、禹穴、子陵钓台、苎萝若耶、曹娥胜迹，皆聚于此，虽是人亡代谢，年远无征，然必有基址可存。我今至此，岂可不游览一番，以留佳话。”只因这一番游览，有分教：

溪边钓叟说出前缘，兰室名姝重提往事。

不知双星所遇何人，且听下回分解。

第　二　回

负笈探奇不惮山山还水水　逢人话旧忽惊妹妹拜哥哥

词曰：

随地求才，逢花问色，一才一色何曾得。无端说出旧行藏，忽然透出真消息。他但闻名，我原不识，这番相见真难测。莫惊莫怪莫疑猜，大都还是红丝力。

——右调《踏莎行》

双星一路来，因奉母命，将父亲的同门录带在囊中，遂到处查访几个年家去拜望。谁知人情世态，十分冷淡，最殷勤的款留一茶一饭足矣，还有推事故不相见的。双星付之一笑。及到了山阴会稽地方，不胜欢喜，要去游览一番。遂不问年家，竟叫青云、野鹤去寻下处。二人去寻了半日，没有洁净的所在，只有一个古寺，二人遂走进寺中，寻见寺僧说知。寺僧听见二人说是四川双侍郎的公子，今来游学，要借寺中歇宿，便不敢怠慢，连忙应承。

随即穿了袈裟，带上毗卢大帽，走出山门，躬身迎接道："山僧不知公子远来，有失迎迓勿罪。"遂一路迎请双星入去。双星到了山门，细看匾上是惠度禅林。到了大殿，先参礼如来，然后与寺僧相见。相见过，因说道："学生巴蜀，特慕西陵遗迹，

不辞远涉而来，一时未得地主，特造上刹，欲赁求半榻以容膝，房金如例。”

寺僧连忙打恭道：“公子乃名流绅裔，为爱清幽，探奇寻趣，真文人高雅之怀。小僧自愧年深萧寺，倾圮颓垣，不堪以榻陈蕃，既蒙公子不弃，小僧敢不领命。”不一时，送上茶来。双星因问道：“老师法号，敢求见教。”寺僧道：“小僧法名静远。”双星：“原来是静老师。”因又问道：“方才学生步临溪口，适见此山青峦秀色，环绕寺门，不知此山何名？此寺起于何代？乞静老师指示。”

静远道：“此山旧名剡山。相传秦始皇东游时，望见此中有王气，因凿断以泄地脉，后又改名鹿胎山。”双星道：“既名剡山，为何又名鹿胎？寺名惠度，又是何义？”静远道：“有个缘故。此寺乃小僧二百四十六代先师所建，当时先师姓陈，名惠度，中年弃文就武。一日猎于此山，适见一鹿走过，先师弯弓射中鹿腹。不期此鹿腹中有孕，被箭伤胎，逃入山中，产了小鹿。先师不舍，赶入山追寻，只见那母鹿见有人来，忽作悲鸣之状。先师走至鹿所，不去惊他，那母鹿见小鹿受伤，将舌舔小鹿伤处。不期小鹿伤重，随舔而死。那母鹿见了，哀叫悲号，亦即跳死。先师见了，不胜追悔，遂将二鹿埋葬，随即披剃为僧，一心向佛，后来成了正果。因建此寺，遂名惠度寺。”双星道：“原来有这些出处。”遂又问这些远近古迹，静远俱对答如流。双星大喜，因想道：“果然浙人出言不俗，缁流亦是如此。”

静远遂起身邀公子弯弯曲曲，到三间雪洞般的小禅房中来。

双星进去一看，果然幽雅洁净，床帐俱全。因笑对静远道：“学生今日得一佛印矣。”静远笑道：“公子实过坡公，小僧不敢居也。”青云、野鹤因将行李安顿，自去了。不一时，小沙弥送上茶点，静远与双公子二人谈得甚是投机，双星欢然住下歇宿不提。

到了次日，双星着野鹤看守行李，自带了青云去，终日到那行云流水，曲径郊原，恣意去领略那山水趣味。忽一日行到千岩竞秀，万壑争流，古木参天之处，忽见一带居民，在山环水抱之中，十分得地。双星入去，见村落茂盛，又见往来之人，徐行缓步，举动斯文，不胜称羡。暗想道：“此处必人杰地灵，不然，亦有隐逸高士在内。”

因问里人道：“借问老哥，此处是什么地方？”那人道：“这位相公，想是别处人，到此游览古迹的了。此处地名笔花墅，内有梦笔桥，相传是江淹的古迹，故此为名。内有王羲之的墨池，范仲淹的清白堂，又有越王台、蓬莱阁、曹娥碑、严光墓，还有许多的胜迹，一时也说不尽，相公就在这边住上整年，也是不厌的。”双星听见这人说出许多名胜的所在，不胜大喜，遂同青云慢慢的依着曲径，沿着小河而来。正是：

关关雎鸟在河洲，草草花花尽好逑。

天意不知何所在，忽牵一缕到溪头。

却说这地方，有一大老，姓江名章，字鉴湖，是江淹二十代的玄孙，祖居于此。这江章少年登第，为官二十余年，曾做过少师。他因子嗣艰难，宦途无兴。江章又虑官高多险，急流勇退。

到了四十七岁上，遂乞休致仕，同夫人山氏回家，优游林下，要算做一位明哲保身之人了。在朝为官时，山氏夫人一夜忽得一梦，梦入天官，仙女赐珠一粒，江夫人拜而受之，因而有孕。到了十月满足，江夫人生下一个女儿。使侍女报知老爷，江章大喜。因夫人梦得珠而生，遂取名蕊珠，欲比花蕊夫人之才色。这蕊珠小姐到六、七岁时，容光如洗，聪明非凡。江章夫妻，视为掌上之珠，与儿子一般，竟不作女儿看待。后归，闲居林下，便终日教训女儿为事。这蕊珠小姐，一教即知。到了十一、二岁，连文章俱做得可观，至于诗词，出口皆有惊人之句。江章对夫人常说道："若当今开女科试才，我孩儿必取状元，惜乎非是男儿。"江夫人道："有女如此，生男也未必胜他。"

这蕊珠小姐十三岁，长成得异样娇姿，风流堪画。江章见他长成，每每留心择婿，必欲得才子配之方快。然一时不能有中意之人，就有缙绅之家，闻知他蕊珠小姐才多貌美，往往央媒求聘，江章见人家子弟，不过是膏粱纨绔之流，俱不肯应承。这年蕊珠小姐已十四岁了，真是工容俱备，德性幽闲。江章、夫人爱他，遂将那万卉园中拂云楼收拾与小姐为卧室。又见他喜于书史，遂将各种书籍堆积其中。因此，楼上有看不尽的诗书，园中有玩不了的景致。又有两个侍女，一名若霞，一名彩云，各有姿色，唯彩云为最，蕊珠小姐甚是喜他。小姐在这拂云楼上，终日吟哦弄笔，到了绣倦时，便同彩云、若霞下楼进园看花玩柳，见景即便题诗，故此园亭四壁，俱有小姐的题咏在上。这蕊珠小姐，真是绮罗队里，锦绣丛中，长成过日，受尽了人间洞府之福，享尽了宰相人家之荣，若不是神仙天眷，也消受不起。

且说这日江章闲暇无事，带领小童，到了兰渚之上，绿柳垂荫之下，灵圮桥边，看那湍流不息。小童忙将绣墩放下，请江章坐了，取过丝纶，钓鱼为乐。恰好这日双星带着青云，依着曲径盘旋，又沿着小河，看那涓涓逝水。走到灵圮桥，忽见一个老者坐着，手扫执丝纶，端然不动。双星立在旁边，细细将那老儿一看，只见那老者：

半垂白发半乌头，自是公卿学隐流。

除支桐江兼渭水，有谁能具此纶钩。

双星看了，不免骇然惊喜道："此老相貌不凡，形容苍古，必是一位用世之大隐君子，不可错过。"因将巾帻衣服一整，缓步上前，到了这老者身后，低低说道："老先生是钓鳌巨手，为何移情于此巨口之细鳞，无亦仿蹈海之遗意乎？"那老者看见水中微动，有鱼戏钩，正在出神之际，忽听见有人与他说话，忙抬头一看，只见一个儒雅翩翩少年秀士，再将他细细看来，但见：

亭亭落落又翩翩，貌近风流文近颠。

若问少年谁得似，依稀张绪是当年。

老者看见他人物秀美，出口不俗，行动安详，不胜起敬，因放下丝纶，与他施礼。礼毕，即命小童移过小杌，请他坐下，笑着说道："老夫年迈，已破浮云。今日午梦初回，借此适意，然意不在得鱼耳，何敢当足下过誉！"双星道："鱼爱香饵，人贪厚爵。今老先生看透机关，借此游戏，非高蹈而何？"江章笑道："这种机关，只可在功成名遂之后而为。吾观足下，英英俊颜，前程远大，因何不事芸窗，奔走道路，且负剑携琴，而放诞于山水之间，不知何故？然而足下声音非东南吉士，家乡姓名，乞细一言，万勿隐晦。”双星见问，忙打一恭：“小子双星，祖籍四川。先君官拜春卿，不幸早逝，幼失庭趋，自愧才疏学陋，虽拾一芹，却恨偏隅乏友，磋琢无人，故负笈东南，寻师问难，寸光虚度，今年十九矣。”

那老者听见双星说出姓名家乡，不觉大惊道：“这等说来，莫非令尊台讳文么？”双星忙应：“正是。”那老者听了大喜，忙捻着白须笑嘻嘻说道：“大奇，大奇，我还疑是谁家美少年，原来就是我双同年结义之子。十余年来，音信杳然，我只认大海萍踪，无处可觅，不期今日无心恰恰遇着，真是奇逢了。”双星听了，也惊喜道：“先君弃世太早，小侄年幼，向日通家世谊，漠然不知。不知老年伯，是何台鼎？敢乞示明，以便登堂展拜。”

那老者道：“老夫姓江名章，字鉴湖，祖居于此。向年公车燕地，已落孙山，不欲来家，遂筑室于香山，潜心肄业，得遇令先尊，同志揣摹，抵足连宵，风雨无间。又蒙不弃，八拜订交，情真手足。幸喜下年春榜，我二人皆得高标。在京同官数载，朝夕盘桓。这年育麟贤侄，同官庆贺，老夫亦在其中。因令堂梦太白入怀，故命名为星。将及二周，又蒙令先尊念我无子，又使汝拜我老夫妻为义父母。朝夕不离，只思久聚。谁知天道不常，一旦令先尊变故，茕茕子母无依，老夫力助令堂与贤侄扶柩回蜀。我又在京滥职有年，以至少师。因思荣华易散，过隙白驹，只管恋此乌纱，终无底止。又因后人无继，只得恳恩赐归，消闲物

外，又已是数年余矣。每每思及贤母子，只因关山杳远，无便飞鸿，遂失存问。不期吾子少年，成立如斯，真可喜也。然既博青衫，则功名有待，也不必过急。寻师问学，虽亦贤者所为，然远涉荆湘，朝南暮北，与其寻不识面之师，又不如日近圣贤以图豁通贯。今吾子少年简练，想已久赋桃夭，获麟振趾，不待言矣。只不知令尊堂老年嫂别来近日如何？家事如何？还记得临别时，尚有幼子，今又如何？可为我细言。”

双星听了这番始末缘由，不胜感叹道：“原来老伯如此施恩，愚侄一向竟如生于云雾。蒙问，家慈健饭，托庇粗安。先君宦囊凉薄，然亦无告于人。小侄年虽及壮，实未曾谐琴瑟之欢，意欲有待也。舍弟今亦长成矣。”江章道：“少年室家，人所不免。吾子有待之说，又是何意？”双星道：“小侄不过望成名耳，故此蹉跎，非有他见也。”江章听了大喜道：“既吾子着意求名，则前程不可知矣。但同是一学，亦不必远行，且同到我家，与你朝夕议论如何？”双星道：“得蒙大人肯授心传，小子实出万幸。”江章遂携了双星，缓步而归。正是：

出门原为觅奇缘，蓦忽相逢是偶然。

尽道欢然逢故旧，谁知恰是赤绳牵。

江章一路说说笑笑，同着双星到家。走至厅中，双星便要请拜见，江章止住，遂带了双星同入后堂，来见夫人道：“你一向思念双家元哥，不期今日忽来此相遇。”夫人听了又惊喜道：“我那双元哥在那里？”江章因指着双星道：“这不是。”江夫人忙定睛再看道：“想起当时，元哥还在怀抱，继名于我。别后数年，不期长成得如此俊秀，我竟认不得了。今日不期而会，真可喜也。”

双星见江老夫妻叫出他的乳名来，知是真情，连忙叫人铺下红毡，请二人上坐，双星纳头八拜道：“双星不肖，自幼迷失前缘，今日得蒙二大人指明方知，不独年谊，又蒙结义抚养为子，恩深义重，竟未展晨昏之报，罪若丘山矣！望二大人恕之。”

江章与夫人听了大喜，即着人整治酒肴，与双公子洗尘。双星因问道：“不知二大人膝下，近日是谁侍奉？”江章道：“我自从别来，并未生子。还是在京过继你这一年，生了一个小女，幸已长成，朝夕相依，到也颇不寂寞。”双星道：“原来有个妹妹承欢，则辨弦咏雪，自不减斑衣了。”江章微笑道：“他人面前，不便直言，今对不夜，自家兄妹，怎好为客套之言。你妹子聪慧多才，实实可以娱我夫妻之老。”双星道：“贤妹仙苑明珠，自不同于凡品。”江夫人因接着说道：“既是自家兄妹，何不唤出来拜见哥哥。”江章道：“拜见是免不得的。趁今日无事，就着人唤出来拜见拜见也好。”

江夫人因唤过侍女彩云来，说道：“你去拂云楼，请了小姐出来，与公子相见。若小姐不愿来，你可说双公子是自幼过继老爷为子的，与小姐有兄妹之分，应该相见的。”彩云领命，连忙走上拂云楼来，笑嘻嘻的说道：“夫人有命，叫贱妾来请小姐出去，与双公子相见。”蕊珠小姐听了，连忙问道：“这双公子是谁，为何要我去见他？”彩云道：“这个双公子是四川人，还是当初老爷夫人在京做官时，与双侍郎老爷有八拜之交，双侍郎生了这公子，我老爷夫人爱他，遂继名在老爷夫人名下。后来公子的父亲死了，双公子只得三岁，同他母亲回家，一向也不晓得了，今日老爷偶然在外闲行，不期而遇，说起缘故，请了来家。双公子拜见过老爷夫人了。这双公子仪表非俗，竟像个女儿般标致，小姐见时，还认他是个女儿哩。”

小姐听了，半晌道：“原来是他，老爷夫人也时常说起他不知如何了。只是他一个生人，怎好去相见?”彩云道：“夫人原说道，他是从小时拜认为子的，与小姐是兄妹一般，不妨相见。如今老爷夫人坐着立等，请小姐出去拜见。”小姐听了，见不能推辞，只得走近妆台前，匀梳发鬓，暗画双蛾，钗分左右，金凤当头。此时初夏的光景，小姐穿一件柳芽织锦绉纱团花衫儿，外罩了一件玄色堆花比甲，罗裙八幅，又束着五色丝绦，上绾着佩环，脚下穿着练白绉纱绣成荷花瓣儿的一双膝裤，微微露出一点红鞋。于是轻移莲步，彩云、若霞在前引导，不一时走近屏门之后，彩云先走出来，对老爷夫人说道：“小姐请来也。”

此时双星久已听见夫人着侍女去请小姐出来相见，心中也只道还是向日看见过的这些女子一样，全不动念。正坐着与夫人说些家事，忽见侍女走来说小姐来也，双星忙抬头一看。只见小姐尚未走出，早觉得一阵香风，暗暗的送来。又听见环佩丁当，那小姐轻云冉冉的，走出厅来。双星将小姐定睛一看，只见这小姐生得：

花不肥，柳不瘦，别样身材。珠生辉，玉生润，异人颜色。眉梢横淡墨，厌春山之太媚；眼角湛文星，笑秋水之无神。体轻

盈，而金莲蹩蹩展花笺，指纤长，而玉笋尖尖笼彩笔。发绾庄老漆园之乌云，肤凝学士玉堂之白雪。脂粉全消，独存闺阁之儒风，诗书久见，时吐才人之文气。锦心藏美，分明是绿鬓佳人，彤管生花，孰敢认红颜女子。

双星忽看见蕊珠小姐如天仙一般走近前来，惊得神魂酥荡，魄走心驰。暗忖道："怎的他家有此绝色佳人。"忙立起身来迎接。那小姐先到父母面前，道了万福。夫人因指双星说道："这就是我时常所说继名于我的双家元哥了。今日不期而来，我孩儿与他有兄妹之分，礼宜上前相见。"小姐只得粉脸低垂，俏身移动，遂在下手立着。

双星连忙谦逊说："愚兄巴中远人，贤妹瑶台仙子，阆苑名姝，本不当趋近，今蒙义父母二大人叙出亲情，容双星以子礼拜见矣，因于贤妹关手足之谊，故不识进退，敢有一拜。"蕊珠小姐低低说道："小妹闺娃陋质，今日得识长兄，妹之幸也，应当拜识。"二人对拜了三拜。拜罢，蕊珠小姐就退坐于夫人之旁。

双星此时，心猿意马，已奔驰不定。欲待寻些言语与小姐交谈，却又奈江老夫妻坐在面前，不敢轻于启齿，然一片神情已沾恋在蕊珠小姐身上，不暇他顾。江老夫妻又不住的问长问短，双星口虽答应，只觉说得没头没绪。蕊珠小姐初见双星亭亭皎皎，真可称玉树风流，也不禁注目偷看。

及坐了半晌，又见双星出神在己，辗转彷徨，恐其举止失措，露出象来，后便难于相见，遂低低的辞了夫人，依旧带着彩云、若霞而去。双星远远望见，又不敢留，又不敢送，竟痴呆在椅上，一声不做。

江老见女儿去了，方又说道："小女虽是一个女子，却喜得留心书史，寓意诗词，大有男子之风，故我老夫妻竟忘情于子。"双星因赞道："千秋只慕中郎女，百世谁思伯道儿。蕊珠贤妹且无论班姬儒雅，道蕴才情，只望其林下丰神，世间那更有此宁馨？则二大人之箕裘，又出寻常外矣。"

正说不了，家人移桌，摆上酒肴，三人同席而饮。饮完，江章就着人同青云到惠度寺取回行李，又着人打扫东书院，与双星安歇做房。双星到晚，方辞了二人，归到东书院而来。只因这一住，有分教：

无限春愁愁不了，一腔幽恨恨难穷。

不知双星果是如何，且听下回分解。

第　三　回

江少师认义儿引贼入室　珠小姐索和诗掩耳偷铃

词云：

有女继儿承子舍，何如径入东床。若叫暗暗捣玄霜，依然乘彩凤，到底饮琼浆。才色从来连性命，况于才色当场。怎叫两下不思量，情窥皆冷眼，私系是痴肠。

——右调《临江仙》

话说双星在江少师内厅吃完酒，江章叫人送在东书院宿，虽也有些酒意，却心下喜欢，全不觉醉。因暗想道："我出门时曾许下母亲，寻一个有才有色的媳妇回来，以为苹蘩井臼之劳，谁知由广及闽，走了一二千里的道路，并不遇一眉一目，纵有夸张佳丽，亦不过在脂粉中逞颜色，何堪作闺中之乐。我只愁无以复母亲之命，谁知行到浙江，无意中忽逢江老夫妻，亲亲切切认我为子，竟在深闺中，唤出女儿来，拜我为兄。未见面时，我还认做寻常女子，了不关心。及见面时，谁知竟是一个赛王嫱，夸西子的绝代佳人。突然相见，不曾打点的耳目精神，又因二老在坐，只惊得青黄无主，竟不曾看得象心象意，又不曾说几句关情的言语，以致殷勤。但默默坐了一霎，就入去了，竟撇下一天风韵，叫我无聊无赖。欲待相亲，却又匆匆草草，无计相亲；欲放下，却又系肚牵肠，放他不下。这才是我前日在家对人说的定情之人也。人便侥幸有了，但不知还是定我之情，还是索我之命。”

因坐在床上，塌伏着枕头儿细想。因想道：“若没有可意之人，纵红成群，绿作队，日夕相亲，却也无用。今既遇了此天生的尤物，且莫说无心相遇，信乎有缘，即使赤绳不系，玉镜难归，也要去展一番昆仑之妙手，以见吾钟情之不苟，便死也甘心。况江老夫妻爱我不啻亲生，才入室坐席尚未暖，早急呼妹妹以拜哥哥，略不避嫌疑，则此中径路，岂不留一线。即蕊珠小姐相见时，羞涩固所不免，然羞涩中别有将迎也。非一味不近人情，或者辗转反侧中，尚可少致殷勤耳。我之初意，虽蒙江老故旧美情，苦苦相留，然非我四海求凰之本念，尚不欲久淹于此。今既文君咫尺，再仆仆天涯，则非算矣。只得聊居子舍，长望东墙，再逢机缘，以为进止。”想到快心，遂不觉沉沉睡去。正是：

蓝桥莫道无寻处，且喜天台有路通。

若肯沿溪苦求觅，桃花流水在其中。

到了次日，双星一觉醒来，早已红日照于东窗之上。恐怕亲谊疏冷，忙忙梳洗了，即整衣，竟入内室来问安。江章夫妻一向孤独惯了，定省之礼，久已不望。今忽见双星象亲儿子的一般，走进来问安，不禁满心欢喜。因留他坐了，说道：“你父亲与我是同年好友，你实实是我年家子侄，原该以伯侄称呼，但当时曾过继了一番，又不是年伯平侄，竟是父子了。今既相逢，我留你在此，这名分必先正了，然后便于称呼。”

双星听了，暗暗想道：“若认年家伯侄，便不便入内。”因朗

朗答应道："年家伯侄，与过继父子，虽也相去不远，然先君生前既已有择义之命，今于死后如何敢违而更改。孩儿相见茫茫者，苦于不知也，今既剖明，违亲之命为不孝，忘二大人之恩为不义，似乎不可。望二大人仍置孩儿于膝下，则大人与先君当日一番举动，不为虚哄一时也。"

江章夫妻听了，大喜不胜道："我二人虽久矣甘心无子，然无子终不若有一子点缀目前之为快。今见不夜，我不敢执前议苦强者，恐不夜立身扬名以显亲别有志耳。"双星道："此固大人成全孩儿孝亲之厚道，但孩儿想来，此事原不相伤。二大人欲孩儿认义者，不过欲孩儿在膝下应子舍之故事耳，非图孩儿异日拾金紫以增荣也。况孩儿不肖，未必便能上达，即有寸进，仍归之先君，则名报先君于终天，而身侍二大人于朝夕，名实两全，或亦未不可也。不识二大人以为何如？"

江章听了，愈加欢喜道："妙论，妙论，分别的快畅。竟以父子称呼，只不改姓便了。"因叫许多家人仆妇，俱来拜见双公子。因吩咐道："这双公子，今已结义我为父，夫人为母，小姐为兄妹，以后只称大相公，不可作外人看待。"众家人仆妇拜见过，俱领命散去。正是：

> 昨日还为陌路人，今朝忽尔一家亲。
>
> 相逢只要机缘巧，谁是谁非莫认真。

双星自在江家认了父子，便出入无人禁止，虽住在东书院，以读书为名，却一心只思量着蕊珠小姐，要再见一面。料想小姐不肯出来，自家又没本事开口请见，只借着问安之名，朝夕间走到夫人室内来，希图偶遇。不期住了月余，问安过数十次，次次皆蒙夫人留茶，留点心，留着说闲话，任他东张西望，只不见小姐的影儿。不独小姐不见，连前番跟小姐的侍妾彩云影儿也不见，心下十分惊怪，又不敢问人，唯闷闷而已。

你道为何不见？原来小姐住的拂云楼，正在夫人的卧房东首，因夫人的卧房墙高屋大，紧紧遮住。若要进去，只要从夫人卧房后一个小小的双扇门儿入去，方才走到小姐楼上。小姐一向原也到夫人房里来，问候父母之安，因夫人爱惜他，怕他朝夕间，拘拘的走来走去辛苦，故回了他不许来。唯到初一、十五，江章与夫人到佛楼上烧香拜佛，方许小姐就近问候。故此夫人卧房中也来得稀少，唯有事要见，有话要说，方才走来。若是无事，便只在拂云楼看书做诗耍子，并看园中花卉，及赏玩各种古董而已，绝不轻易为人窥见。双星那里晓得这些缘故，只道是有意避他，故私心揣摹着急。不知人生大欲男女一般，纵是窈窕淑女，亦未有不虑摽梅失时，而愿见君子者。故蕊珠小姐，自见双星之后，见双星少年英俊，儒雅风流，又似乎识窍多情，也未免默默动心。虽相见时不敢久留，辞了归阁，然心窝中已落了一片情丝，东西缥缈，却又无因无依，不敢认真。因此在拂云楼上，焚香啜茗，只觉比往日无聊。

一日看诗，忽看见："无可奈何花落去，似曾相识燕归来"二句，忽然有触，一时高兴，遂拈出下句来作题目，赋了一首七言律诗道：

乌衣巷口不容潜，王谢堂前正卷帘。

低掠向人全不避，高飞入幕了无嫌。

弄情疑话隔年旧，寻路喜窥今日檐。

栖息但愁巢破损，落花飞絮又重添。

蕊珠小姐做完了诗，自看了数遍，自觉得意，惜无人赏识，因将锦笺录出，竟拿到夫人房里来，要寻父亲观看。不期父亲不在，房中只有夫人，夫人看见女儿手中拿着一幅诗笺，欣欣而来，因说道："今日想是我儿又得了佳句，要寻父亲看了?"小姐道："正是此意。不知父亲那里去了?"夫人道："你父亲今早才吃了早饭，就被相好的一辈老友拉到准提庵看梅花去了。"小姐听见，便将诗笺放在靠窗的桌上，因与母亲闲话。

不期双星在东书院坐得无聊，又放不下小姐，遂不禁又信步走到夫人房里来，那里敢指望撞见小姐。不料才跨入房门，早看见小姐与夫人坐在里面说话。这番喜出望外，那里还避嫌疑，忙整整衣襟，上前与小姐施礼。小姐突然看见，回避不及，未免慌张。夫人因笑说道："元哥自家人，我儿那里避得许多。"

小姐无奈，只得走远一步，敛衽答礼。见毕，双星因说道："愚兄前已蒙贤妹推父母之恩，广手足之爱，待以同气，故造次唐突，非有他也。"小姐未及答，夫人早代说道："你妹子从未见人，见人就要腼腆，非避兄也。"双星一面说话，一面偷眼看小姐。今日随常打扮，越显得妩媚娇羞，别是一种，竟看痴了。又不敢赞美一词，只得宛转说道："前闻父亲盛称贤妹佳句甚多，不知可肯惠赐一观，以饱馋眼?"小姐道："香奁雏语，何敢当才子大观。"

夫人因接说："我儿，你方才做的什么诗，要寻父亲改削。父亲既不在家，何不就请哥哥替你改削也好。"小姐道："改削固好，出丑岂不羞人。"因诗笺放在前桌上，便要移身去取来藏过，不料双星心明眼快，见小姐要移身，晓得桌上这幅笺纸就是他的诗稿，忙两步走到桌边，先取在手中，说道："这想就是贤妹的珠玉了?"小姐见诗笺已落双星之手，便不好上前去取。只得说道："涂鸦之丑，万望见还。"

双星拿便拿了，还只认作是笼中娇鸟，仿佛人言而已，不期展开一看，尚未及细阅诗中之句，早看见蝇头小楷，写得如美女簪花，十分秀美，先吃了一惊。再细看诗题，却是"赋得'似曾相识燕归来'"。因先掩卷暗想道："此题有情有态，却又无影无形，到也难于下笔，且看他怎生生发。"及看了起句，早已欣欣动色，再看到中联，再看到结句，直惊得吐出舌来。

因放下诗稿，复朝着蕊珠小姐，深深一揖道："原来贤妹是千古中一个出类拔萃的才女子，愚兄虽接芳香，然芳香之佳处尚未梦见。今日若非有幸，得览佳章，不几当面错过。望贤妹恕愚兄从前之肉眼，容洗心涤虑，重归命于香奁之下。"小姐道："闺中孩语，何敢称才？元兄若过于奖夸，则使小妹抱惭无地矣。"

夫人见他兄妹二人你赞我谦，十分欢喜。因对双星说道："你既说妹子诗好，必然深识诗中滋味，何不也做一首，与妹子看看，也显得你不是虚夸。"双星道："母亲吩咐极是，本该如此，但恨此题实是枯淡，纵有妙境，俱被贤妹道尽，叫孩儿何处去再求警拔，故唯袖手藏拙而已。"小姐听了道："才人诗思，如泉涌霞蒸，安可思议。元兄为此言，是笑小妹不足与言诗，故秘之也。”双星踌躇道：“既母亲有命，贤妹又如此见罪，只得要呈丑了。”

彩云在旁听见公子应承做诗，忙凑趣走到夫人后房，取了笔砚出来，将墨磨浓，送在双公子面前。双星因要和诗，正拿着小姐的原稿，三复细味，忽见彩云但送笔砚，并没诗笺，遂一时大胆，竟在小姐原稿的笺后，题和了一首。题完，也不顾夫人，竟双手要亲手送与小姐道：“以鸦配凤，乞望贤妹勿哂。”小姐看见，忙叫彩云接了来。展开一看，只见满纸龙蛇飞动，早已不同，再细细看去，只见写的是：

步原韵奉和

蕊珠仙史贤妹“赋得‘似曾相识燕归来’”

经年不见宛龙潜，今日乘时重入帘。

他主我宾俱莫问，非亲即故又何嫌。

高飞欲傍拂云栋，低舞思依浣古檐。

只恐呢喃惊好梦，新愁旧恨为侬添。

愚兄双星拜识

小姐看了一遍，又看一遍，见拂云浣古等句拖泥带水，词外有情，不胜惊叹道：“这方是大才子凌云之笔，小妹向来无知自负，今见大巫，应知羞而为之搁笔矣。”双星道：“贤妹仙才，非愚兄尘凡笔墨所能仿佛万一。这也无可奈何，但愚兄爱才有如性命，今既贤妹阆苑仙才，琼宫佳句，岂不视性命为尤轻！是以得陇望蜀，更有无厌之请，望贤妹慨然倾珠玉之秘笈，以饱愚兄之饿眼，则知已深恩，又出亲情之外矣。”小姐道：“小妹涂鸦笔墨，不过一时游戏。有何佳句，敢存笥箧，非敢匿瑕，实无残沈以博元兄之笑。”

双星听见小姐推说没有，不觉默然无语。彩云在旁，看见小姐力回，扫了公子之兴，因接说道：“大相公要看小姐的诗词，何必向小姐取讨？小姐纵有，也不肯轻易付与大相公，恐怕大相公笑他卖才。大相公要看不难，只消到万卉园中，芍药亭、沁心堂、浣古轩，各处影壁上，都有小姐题情咏景的诗词，只怕公子还看它不了。”

双星听了方大喜，因对夫人说道：“孩儿自蒙父母亲留在膝下，有若亲生，指望孩儿成名。终日坐在书房中苦读，竟不知万卉园中，有这许多景致。不但不知景致，连万卉园，也不晓得在那里。今日母亲同孩儿贤妹，正闲在这里，何不趁此领孩儿去看看？”夫人道：“正是呀，你来了这些时，果然还不曾认得。我今日无事，正好领你去走走。”遂要小姐同去。小姐道：“孩儿今日绣工未完，不得同行，乞母亲哥哥见谅。”遂领彩云往后室去。

此时双星见夫人肯同他到园中去，已是欢喜，忽又听见要小姐同去，更十分快活。正打点到了园中，借花木风景也与小姐调笑送情，忽听见小姐说出不肯同去，一片热心早冷了一半。又不好强要小姐同去，只得生擦擦硬着心肠，让小姐去了。夫人遂带了几个丫环侍女，引着双星，开了小角门，往园中而入。双星入到园中，果然好一座相府的花园，只见：

金谷风流去已遥，辋川诗酒记前朝。

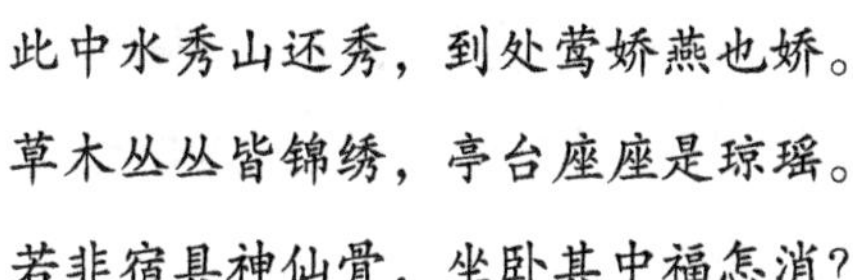

此中水秀山还秀，到处莺娇燕也娇。

草木丛丛皆锦绣，亭台座座是琼瑶。

若非宿具神仙骨，坐卧其中福怎消？

双星到了园中，四下观看，虽沁心堂、浣古轩各处，皆摆列着珍奇古玩，触目琳琅，名人古画，无不出奇，双星俱不留心去看他，只捡蕊珠小姐亲笔的题咏，细细的玩诵。玩诵到得意之处，不禁眉宇间皆有喜色。因暗暗想道：“小姐一个雏年女子，貌已绝伦，又何若是之多才，不愧才貌兼全的佳人矣。我双星今日何福，而得能面承色笑，亲炙佳章，信有缘也。”想到此处，早呆了半晌。忽听见夫人说话，方才惊转神情。听见夫人说道：“此处乃你父亲藏珍玩之处，并不容人到此，只你妹子时常在此吟哦弄笔。”

双星听了，暗暗思量道：“小姐既时常到此，则他的卧房，必有一条径路与此相通。”遂走下阶头，只推游赏，却悄悄找寻。到了芍药台，芙蓉架，转过了荷花亭，又上假山，周围看这园中的景致。忽往北看去，只见一带碧瓦红窗，一字儿五间大楼，垂着珠帘。双星暗想道：“这五间大楼，想是小姐的卧房了。何不趁今日也过去看看？”

遂下了假山，往雪洞里穿过去，又上了白石栏杆的一条小桥，桥下水中，红色金鱼在水面上唼水儿，见桥上有人影摇动，这些金鱼俱跳跃而来。双星看见，甚觉奇异，只不知是何缘故。双星过了小桥，再欲前去，却被一带青墙隔断。双星见去不得，便疑这楼房是园外别人家了，遂取路而回。正撞着夫人身边的小丫环秋菊走来说道："夫人请大相公回去，叫我来寻。"双星遂跟着秋菊走回。双星正要问他些说话，不期夫人早已自走来，说道："我怕你路径不熟，故来领你。"

双星又行到小桥，扶着栏杆往下看鱼。因问道："孩儿方才在此走，为何这些鱼俱望我身影争跳？竟有个游鱼啖影之意。"夫人笑说道："因你妹子闲了，时常到此喂养，今见人影，只说喂它，故来讨食。"双星听了大喜，暗暗点头道："原来鱼知人意。"夫人忙叫人去取了许多糕饼馒头，往下丢去，果然这些金鱼都来争食。双星见了，甚是欢喜。看了一会，同着夫人一起出园。回到房中，夫人又留他同吃了夜饭，方叫他归书房歇宿。只因这一回，有分教：

如歌似笑，有影无形。

只不知双星与小姐果是如何，且听下回分解。

第　四　回

江小姐俏心多不吞不吐试真情　双公子痴态发如醉如狂招讪笑

词云：

佳人只要心儿俏，俏便思量到。从头直算到收梢，不许情长情短忽情消。一时任性颠还倒，那怕旁人笑。有人点破夜还朝，方知玄霜捣尽是蓝桥。

——右调《虞美人》

话说双星自从游园之后，又在夫人房里吃了夜饭，回到书房，坐着细想："今日得遇小姐，又得见小姐之诗。又凑着夫人之巧，命我和了一首，得入小姐之目，真侥幸也。"心下十分快活。只可恨小姐卖乖，不肯同去游园；又可恨园中径路不熟，不曾寻见小姐的拂云楼在那里。想了半晌，忽又想道："我今见园中各壁上的诗题，如《好鸟还春》，如《莺啼修竹》，如《飞花落舞筵》，如《片云何意傍琴台》，皆是触景寓情之作，为何当此早春，忽赋此'似曾相识燕归来'之句，殊无谓也。莫非以我之来无因，而又相亲相近若有因，遂寓意于此题么？若果如此，则小姐之俏心，未尝不为我双不夜而踌躇也。况诗中之'全不避''了无嫌'，分明刺我之眼馋脸涎也。双不夜，双不夜，你何幸而得小姐如此之垂怜也！"想来想去，想的快活，方才就寝。正是：

穿通骨髓无非想，钻透心窝只有思。

想去思来思想极，美人肝胆尽皆知。

到了次日，双星起来，恐怕错看了小姐题诗之意，因将小姐的原诗默记了出来，写在一幅笺纸上，又细细观看。越看越觉小姐命题深意原有所属，暗暗欢喜道："小姐只一诗题，也不等闲虚拈。不知他那俏心儿，具有许多灵慧？我双不夜若不参透他一二分，岂不令小姐笑我是个蠢汉！幸喜我昨日的和诗，还依稀仿佛，不十分相背。故小姐几回吟赏，尚似无鄙薄之心。或者由此而再致一诗一词，以邀其青盼，亦未可知也。但我想小姐少师之女，贵重若此；天生丽质，窈窕若此；彤管有炜，多才若此。莫说小姐端庄正静，不肯为薄劣书生而动念，即使感触春怀，亦不过笔墨中微露一丝之爱慕，如昨日之诗题是也。安能于邂逅间，即眉目勾挑，而慨然许可，以自媒自嫁哉！万无是理也。况我双星居此已数月矣，反获一见再见而已。且相见非严父之前，即慈母之后，又侍儿林立，却从无处以叙寒温。若欲将针引线，必铁杵成针而后可。我双不夜此时，粗心浮气，即望玄霜捣成，是自弃也。况我奉母命而来，原为求婚，若不遇可求之人，尚可谢责。今既见蕊珠小姐绝代之人，而不知极力苦求，岂不上违母命，而下失本心哉！为今之计，唯有安心于此，长望明河，设或无缘，有死而已。但恨出门时约得限期甚近，恐母亲悬念，于心不安。况我居于此，无多役遣，只青云一仆足矣。莫若打发野鹤归去报知，以慰慈母之倚闾。"

思算定了，遂写了一封家书，并取些盘缠，付与野鹤，叫他

回去报知。江章与夫人晓得了，因也写下一封书，又备了几种礼物，附去问候。野鹤俱领了，收拾在行李中，拜别而去。正是：

书去缘思母，身留冀得妻。

母妻两相合，不问已家齐。

双星自打发了野鹤回家报信，遂安心在花丛中作蜂蝶，寻香觅蕊，且按下不提。

却说蕊珠小姐，自见双星的和诗，和得笔墨有气，语句入情，未免三分爱慕，又加上七分怜才，因暗暗忖度道："少年读书贵介子弟，无不翩翩。然翩翩是风流韵度，不堕入裘马豪华，方微有可取。我故于双公子，不敢以白眼相看。今又和诗若此，实系可儿，才貌虽美，但不知性情何如？性不定，则易更于一旦；情不深，则难托以终身，须细细的历试之。使花柳如风雨之不迷，然后裸从于琴瑟未晚也。若溪头一面，即赠浣纱，不独才非韫玉，美失藏娇，而宰相门楣，不几扫地乎？"自胸中存了一个持正之心，而面上便不露一痕容悦之象。

倒是彩云侍儿忍耐不住，屡屡向小姐说道："小姐今年十七，年已及笄。虽是宰相人家千金小姐，又美貌多才，自应贵重，不轻许人，然亦未有不嫁者。老爷夫人虽未尝不为小姐择婿，却东家辞去，西家不允，这还说是女婿看得不中意。我看这双公子，行藏举止，实是一个少年的风流才子。既无心撞着，信有天缘。况又是年家子侄，门户相当，就该招做东床，以完小姐终身之事。为何又结义做儿子，转以兄妹称呼，不知是何主意？老爷夫人既没主意，小姐须要自家拿出主意来，早作红丝之系，却作不得儿女之态，误了终身大事。若错过了双公子这样的才郎，再别求一个如双公子的才郎，便难了。”

蕊珠小姐见彩云一口直说出肝胆肺腑之言，略不忌避，心下以为相合，甚是喜他。便不隐讳，亦吐心说道：“此事老爷也不是没主意，无心择婿。我想他留于子舍者，东床之渐也。若轻轻的一口认真，倘有不宜，则悔之晚矣。就是我初见面时，也还无意，后见其信笔和诗，才情跃跃纸上，亦未免动心。但婚姻大事，其中情节，变换甚多，不可不虑，所以蓄于心而有待。”彩云道：“佳人才子，恰恰相逢，你贪我爱，谅无不合。不知小姐更有何虑？小姐若不以彩云为外人，何不一一说明，使我心中也不气闷。”

小姐见彩云之问话，问得投机，知心事瞒他不得，遂将疑他少年情不常，始终有变，要历试他一番之意，细细说明。彩云听了，沉吟半晌道：“小姐所虑，固然不差。但我看双公子之为人，十分志诚，似不消虑得。然小姐要试他一试，自是小心过慎，却也无碍。但不知小姐要试他那几端？”小姐道：“少年不患其无情，而患其情不耐久。初见面既亲且热，恨不得一霎时便偷香窃玉。若久无顾盼，则意懒心灰，而热者冷笑，亲者疏矣。此等乍欢乍喜之人，妾所不取。故若亲若近，冷冷疏疏，以试双郎。情又贵乎专注，若见花而喜，见柳即移，此流荡轻薄之徒，我所最恶。故欲倩人掷果，以试双郎。情又贵乎隐显若一，室中之辗转反侧，不殊掺大道之秣马秣驹，则其人君子，其念至诚。有如当前则甜言蜜语，若亲若昵，背地则如弃如遗，不瞅不睬，此虚浮两截之人，更所深鄙。故欲悄悄冥冥潜潜等等，以试双郎。况他如此类者甚多，故不得不过于珍重，实非不近人情而推聋作哑。”

彩云道：“我只认小姐遇此才人，全不动念，故叫我着急。谁知小姐有此一片心，蓄而不露。今蒙小姐心腹相待，委曲说明，我为小姐的一片私心方才放下。但只是还有一说……”小姐道：“更有何说？”彩云道：“我想小姐藏于内室，双公子下榻于外厢，多时取巧，方得一面。又不朝夕接谈，小姐就要试他，却也体察不能如意。莫若待彩云帮着小姐，在其中探取，则真真假假，其情立见矣。”小姐听了大喜道：“如此更妙。”二人说得投机，你也倾心，我也吐胆，彼此不胜快活。正是：

定是有羞红两颊，断非无恨蹙双眉。

万般遮盖千般掩，不说旁人那得知。

却说彩云担当了要帮小姐历试双公子有情无情，便时常走到夫人房里来，打听双公子的行事。一日打听得双公子已差野鹤回家报知双夫人，说他在此结义为子，还要多住些时，未必便还。随即悄悄通知小姐道：“双公子既差人回去，则自不思量回去可知矣。我想他一个富贵公子，不思量回去，而情愿留此独居，以甘寂寞，意必有所图也。若细细揣度他之所图，非图小姐而又谁图哉？既图小姐，而小姐又似无意，又不吞，有何可图？既欲图之，岂一朝一夕之事，图之若无坚忍之心，则其倦可立而待。我看双公子去者去，留者留，似乎有死守蓝桥之意。此亦其情耐久之一征，小姐不可不知。”小姐道：“你想的论的，未尝不是。但留此是今日之情，未必便定情终留于异日。我所以要姑待而试之。”

二人正说不了，忽见若霞走来，笑嘻嘻对小姐说道：“双公

子可惜这等样一个标致人儿，原来是个呆子。”小姐因问道：“你怎生见得？”若霞道：“不是我也不知道，只因方才福建的林老爷送了一瓶蜜饯的新荔枝与老爷，夫人因取了一盘，叫我送与双公子去吃。我送到书房门外，听见双公子在内说话。我只认是有甚朋友在内，不敢轻易进去。因在窗缝里一看，那里有甚朋友！只他独自一人，穿得衣冠齐齐整整，却对着东边照壁上一幅诗笺，吟哦一句，即赞一声‘好！’就深深的作一个揖道：‘谢淑人大教了！’再吟哦一句，即又赞一声‘妙！’又深深作一个揖道：‘蒙淑人垂情了！’我偷看不得一霎，早已对着壁诗，作过十数个揖了。及我推门进去，他只吟哦他的诗句，竟像不曾看见我的一般。小姐你道呆也不呆，你道好笑也不好笑？”

小姐道：“如今却怎么样了？”若霞道：“我送荔枝与他，再三说夫人之话，他只点点头，努努嘴，叫我放下，也不做一声。及我出来了，依旧又在那里吟哦礼拜，实实是个呆子。”小姐道：“你可知道他吟哦的是什么诗句？”若霞道：“这个我却不知道。”

这边若霞正长长短短告诉小姐，不期彩云有心，在旁听见，不等若霞说完，早悄悄的走下楼来，忙闪到东书院来窃听。只听见双公子还在房里，对着诗壁跪一回，拜一回，称赞好诗不绝口。彩云是个急性人，不耐烦偷窥，便推开房门，走了进去，问双公子道：“大相公，你在这里与那个施礼，对谁人说话？”双星看见彩云，知他是小姐贴身人，甚是欢喜。因微笑答应道：“我自有人施礼说话，却一时对你说不得。”彩云道：“既有人，在那里？”

双星因指着壁上的诗笺道：“这不是？”彩云道：“这是一首

诗，怎么算得人？”双星道：“诗中有性有情，有声有色，一字字皆是慧心，一句句无非妙想。况字句之外，又自含蓄无穷，怎算不得人？”彩云道：“既要算人，却端的是个甚人？”双星道：“观之艳丽，是个佳人；读之芳香，是个美人；细味之而幽闲正静，又是个淑人。此等人，莫说眼前稀少，就求之千古中，也似乎不可多得。故我双不夜于其规箴讽刺处，感之为益友；于其提撕点醒处，敬之为明师；于其绸缪眷恋处，又直恩爱之若好逑之夫妇。你若问其人为何如，则其人可想而知也。”

彩云笑道：“据大相公说来，只觉有模有样。若据我彩云看来，终是无影无形。不过是胡思乱想，怎当得实事？大相公既是这等贪才好色，将无作有，以虚为实，我这山阴会稽地方，今虽非昔，而浣纱之遗风未散，捧心之故态尚存，何不寻他个来，解解饥渴？也免得见神见鬼，惹人讥笑。”

双星听了，因长叹一声道：“这些事怎可与人言？就与人言，人也不能知道。我双不夜若是等闲的蛾眉粉黛可以解得饥渴，也不千山万水，来到此地了。也只为香奁少彩，彤管无花，故拣遍春风而自甘孤处。”彩云道：“大相公既是这等看人不上眼，请问壁上这首诗，实是何人做的，却又这般敬重他？”双星道：“这个做诗的人，若说来你认得，但不便说出。若直直说出了，倘那人闻知，岂不道我轻薄？”彩云道：“这人既说我认得，又说不敢轻薄他，莫非就说的是小姐？莫非这首诗，就是前日小姐所做的赋体诗？”

双星听见彩云竟一口猜着他的哑谜，不禁欣然惊讶道：“原来彩云姐也是个慧心女子，失敬，失敬！”彩云因又说道：“大相

公既是这般敬重我家小姐，何不直直对老爷夫人说明，要求小姐为婚？况老爷夫人又极是爱大相公的，自然一说便允。何故晦而不言，转在背地里自言自语，可谓用心于无用之地矣！莫说老爷夫人小姐，不知大相公如此至诚相望，就连我彩云，不是偶然撞见问明，也不知道，却有何益？”

双星见彩云说的话，句句皆道着了他的心事，以为遇了知己，便忘了尔我，竟扯彩云坐下，将一肚皮没处诉的愁苦，俱细细对他说道：“我非不知老爷小姐爱我，我非不知小姐的婚姻，原该明求。但为人也须自揣，你家老爷，一个黄阁门楣，岂容青衿溷辱？小姐一位上苑甜桃，焉肯下嫁酸丁？开口不独徒然，恐并子舍一席，亦犯忌讳而不容久居矣。我筹之至熟，故万不得已而隐忍以待。虽不能欢如鱼水，尚可借雁影排连以冀一窥色笑。倘三生有幸，一念感通，又生出机缘，亦未可知也。此我苦情也。彩云姐既具慧心，又有心怜我，万望指一妙径，终身不忘。”

彩云道：“大相公这些话，自大相公口中说来，似乎句句有理，若听到我彩云耳朵里，想一想，则甚是不通。”双星道：“怎见得不通？”彩云道：“老爷的事，我捉摸不定，姑慢讲。且将小姐的事，与你论一论。大相公既认定小姐是千古中不可多得之才美女子，我想从来唯才识才，小姐既是才美女子，则焉有不识大相公是千古中不可多得之才美男子之理？若识大相公是才美男子，则今日之青衿，异日之金紫也，又焉有恃贵而鄙薄酸丁之理？此大相公之过虑也。这话只好在我面前说，若使小姐闻知，必怪大相公以俗情相待，非知己也。”

双星听了，又惊又喜道："彩云姐好细心，怎直想到此处？想得甚是有理，果是我之过虑。但事已至此，却将奈何？"彩云道："明明之事，有甚奈何！大相公胸中既有了小姐，则小姐心上，又未必没有大相公。今所差者，只为隔着个内外，不能对面细细讲明耳。然大相公在此，是结义为子，又不是过客，小姐此时，又不急于嫁人。这段婚姻，既不明求，便须暗求。急求若虑不妥，缓求自当万全。那怕没有成就的日子？大相公不要心慌，但须打点些巧妙的诗才，以备小姐不时拈索，不至出丑，便万万无事了。"双星笑道："这个却拿不稳。"又笑了一回，就忙忙去了。正是：

自事自知，各有各说。

情现多端，如何能决？

彩云问明了双公子的心事，就忙忙去了，要报知小姐。只因这一报，有分教：

剖疑为信，指暗作明。

不知后事如何，且听下回分解。

第　五　回

蠢丫头喜挑嘴言出祸作　俏侍儿悄呼郎口到病除

词云：

不定是心猿，况触虚情与巧言。弄得此中飞絮乱，何冤。利口从来不惮烦。陡尔病文园，有死无生是这番。亏得芳名低唤醒，无喧。情溺何曾望手援。

——右调《南乡子》

话说彩云问明了双公子的心事，就忙忙归到拂云楼，要说与小姐知道。不期小姐早在那里寻他，一见了彩云，就问道：“我刚与若霞说得几句话，怎就三不知不见了你，你到那里去了这半晌？”彩云看见若霞此时已不在面前，因对小姐说道：“我听见若霞说得双公子可笑，我不信有此事，因偷走了去看看。”小姐道：“看得如何，果有此事么？”彩云道：“事便果是有的，但说他是呆，我看来却不是呆，转是正经。说他可笑，我看来不是可笑，转是可敬。”遂将双公子并自己两人说的话，细细说了一遍与小姐听。

小姐听了，不禁欣然道：“原来他拜的就是我的赋体诗。他前日看了，就满口称扬，我还道他是当面虚扬，谁知他背地里也如此珍重。若说他不是真心，这首诗我却原做的得意。况他和诗

的针芥，恰恰又与我原诗相投。此中臭味，说不得不是芝兰。但说恐我不肯下嫁酸丁，这便看得我太浅了。”彩云道：“这话他一说，我就班驳他过了。他也自悔误言，连连谢过。”小姐道：“据你说来，他的爱慕于我，专注于我，已见一斑。他的情之耐久，与情之不移，亦已见之行事，不消再虑矣。但我想来，他的百种多情，万般爱慕，总还是一时之事。且藏之于心，慢慢看去，再作区处。”彩云道：“慢看只听凭小姐，但看到底，包管必无破绽，那时方知我彩云的眼睛识人不错。”自此二人在深闺中，朝思暮算，未尝少息。正是：

苦极涓涓方泪下，愁多蹙蹙故眉颦。

破瓜之子遭闲磕，只为心中有了人。

却说双星自被彩云揣说出小姐不鄙薄他，这段婚姻到底要成，就不禁满心欢喜，便朝夕殷殷勤勤，到夫人处问安，指望再遇小姐，攀谈几句话儿。谁知走了月余，也不见个影儿。因想着园里去走走，或者撞见彩云，再问个消息。遂与夫人说了。此时若霞正在夫人房里，夫人就随便吩咐若霞道：“你可开了园门，送大相公到园里去玩。”

若霞领了夫人之命，遂请双公子前行，自家跟着竟入园来。到了园中，果然花柳争妍，别是一天。双公子原无心看景，见若霞跟在左右，也只认做是彩云一般人物。因问若霞道：“这园中你家小姐也时常来走走么？”若霞道：“小姐最爱花草，又喜题诗，园中景致皆是小姐的诗，料小姐朝夕不离，怎么不来？”双公子道：“既是朝夕不离，为何再不遇见？”若霞道：“我说的是往时的话，近日却绝迹不来了。”

双公子听了，忙惊问道：“这是为何？”若霞道：“因大相公前日来过，恐怕撞见不雅，故此禁足不敢复来。”双公子道：“我与小姐，已拜为兄妹，便撞见也无妨。”若霞道：“大相公原来还不知我家小姐的为人。我家小姐，虽说是个十六七岁的女子，他的志气比大相公须眉男子还高几分。第一是孝顺父母，可以当得儿子；第二是读书识字，不出闺阁，能和天下之事；第三是敦伦重礼，小心谨慎，言语行事，不肯差了半分。至于诗才之妙，容貌之佳，转还算做余美。你道这等一个人儿，大相公还只管问他做甚？”

双公子道：“小姐既敦伦重礼，则我与他兄妹称呼，名分在伦礼中，又何嫌何疑，而要回避？”若霞道：“大相公一个聪明人，怎不想想，大相公与小姐的兄妹，无非是结义的虚名，又不是同胞手足，怎么算得实数？小姐自然要避嫌疑。”双公子道：“既要避嫌疑，为何前日在夫人房里撞见，要我和诗，却又不避？”若霞道：“夫人房里，自有夫人在座，已无嫌疑，又避些什么？”

双公子听了沉吟道：“你这话倒也说得中听。前日福建的林老爷，来拜你家老爷，因知我在此，也就留了一个名帖拜我。我第二日去答拜他，他留我坐下，问知结义之事，他因劝我道：‘与其嫌嫌疑疑认做假儿子，何不亲亲切切竟为真女婿。’他这意思，想将来恰正与你所说的相同。”若霞道：“大差，大差，一毫也不同。”双公子道：“有甚差处，有甚不同？”若霞道：“儿子是

儿子，女婿是女婿。若是无子，女婿可以做儿子。若做过儿子，再做女婿，便是乱伦了，这却万万无此理。”

双公子听了，忽然吃一大惊，因暗想道：“这句话，从来没人说。为何这丫头平空说出，定有缘故。”因问道：“做过儿子的做不得女婿这句话，还是你自家的主意说的，还是听见别人说的？”若霞道：“这些道理，我自家那里晓得说？无非是听见别人是这般说。”双公子道：“你听见那个说来？”若霞道：“我又不是男人，出门去结交三朋四友，有谁向我说到此？无非是服侍小姐，听见小姐是这等说，我悄悄拾在肚里。今见大相公偶然说到此，故一一说出来了，也不知是与不是。”

双公子见这话是小姐说的，直急得他暗暗的跌脚道：“小姐既说此话，这姻缘是断断无望了。为何日前彩云又哄我说，这婚姻是稳的，叫我不要心慌？”因又问若霞道：“你便是这等说，前日彩云见我，却又不是这等说。你两人不知那个说的是真话？”若霞道：“我是个老实人，有一句便说一句，从来不晓得将没作有，移东掩西，哄骗别人。彩云这个贼丫头却奸猾，不过只要奉承的人欢喜，见人喜长，他就说长，见人喜短，他就说短，那里肯说一句实话！人若不知他的为人，听信了他的话，便被他要直误到底。”

双公子听了这些话，竟吓痴了，坐在一片白石上，走也走不动。若霞道：“夫人差我已送大相公到此，大相公只怕还要玩玩。我离小姐久了，恐怕小姐寻我，我去看看再来。”说罢，竟自去了。正是：

无心说话有心听，听到惊慌梦也醒。

若再有心加毁誉，自然满耳是雷霆。

双公子坐在白石上，细细思量若霞的说话，一会儿疑他是假，一会儿又信他为真。暗忖道："做了儿子，做不得女婿的这句言语，大有关系。若不果是小姐说的，若霞蠢人，如何说得出？小姐既如此说，则这段姻缘，倒被做儿子误了，却为之奈何？我的初意，还指望慢慢守去，或者守出机缘。谁知小姐一言已说得决决绝绝，便守到终身，却也无用。守既无用，即当辞去。但我为婚姻出门，从蜀到浙，跋涉远矣，阅历多矣，方才侥幸得逢小姐一个定情之人，定我之情。情既定于此，婚姻能成，固吾之幸；即婚姻之不成，为婚姻之不幸以拼一死，亦未为不幸。决不可畏定情之死，以望不定情之生，而负此本心，以辱夫妇之伦。所恨者，明明夫妻，却为兄妹所误。也不必怨天，也不必尤人，总是我双星无福消受，故遇而不遇也。今若因婚姻差谬，勉强辞去，虽我之形体离此，而一片柔情，断不能舍小姐而又他往矣。莫若苦守于此，看小姐怎生发付。"

一霎时东想想，西想想，竟想得昏了，坐在石上，连人事也不知道。还是夫人想起来，因问侍儿道："大相公到园中去玩，怎不见出来？莫非我方才在后房有事，他竟出去了，你们可曾看见？"众侍儿俱答道："并不曾看见大相公出去，只怕还在园里。"夫人道："天色已将晚了，他独自一人，还在里面做什么？"因叫众侍妾去寻。

众侍妾走到园中，只见双公子坐在一块白石上，睁着眼就像

睡着的一般。众侍妾看见着慌，忙问道："大相公，天晚了，为何还坐在这里？"双公子竟白瞪着一双眼，昏昏沉沉，口也不开。众侍妾一发慌了，因着两个搀扶双公子起来，慢慢的走出园来，又着两个报与夫人。夫人忙迎着问道："你好好的要到园中去玩，为何忽弄做这等个模样？我原叫若霞侍你来的，若霞怎么不见，他又到那里去了？"双公子虽答应夫人两句，却说得粗糊涂涂，不甚清白。夫人见他是生病的光景，忙叫侍妾搀他到书房中去睡，又叫人伺候汤水，又吩咐青云好生服侍。双公子糊糊涂涂睡下不提。

夫人因叫了若霞来问道："我叫你跟大相公到园中去闲玩，大相公为甚忽然病起来？你又到那里去了？"若霞道："我跟大相公入园时，大相公好端端甚有精神，问长问短，何尝有病？我因见他有半日耽搁，恐怕小姐叫，故走进去看看。怎晓得他忽然生病？"夫人问过，也就罢了。欲要叫人去请医生，又因天色晚了，只得捱得次日早晨，方才请了一个医生来看。说是"惊忡之症，因着急上起的，又兼思虑过甚，故精神昏瞶，不思饮食。须先用药替他安神定气，方保无虞。"说完，撮下两帖药，就去了。夫人忙叫人煎与他吃了，吃了虽然不疼不痛，却只是昏昏沉沉，不能清白。

此时江章又同人到武林西湖去游赏了，夫人甚是着急。小姐闻知，也暗自着惊。因问彩云道："他既好好游园，为何就一时病将起来？莫非园中冷静，感冒了风寒？"彩云道："医生看过，说是惊忡思虑，不是风寒。"小姐道："园中闲玩，有甚惊忡？若伤思虑，未必一时便病。”彩云道：“昨日双公子游园，是夫人叫若霞送他去的。若霞昨日又对夫人说，双公子好端端问长问短，我想这问长问短里，多分是若霞说了什么不中听的言语，触动他的心事，故一时生病。小姐可叫若霞，细细盘问他，自然知道。”小姐道：“他若有恶言恶语，触伤了公子，我问他时，他定然隐瞒，不肯直说。倒不如你悄悄问他一声，他或者不留心说出。”彩云道：“这个有理。”

因故意的寻见了若霞，吓他道：“你在双公子面前说了什么恶言语，冲撞了他，致他生病？夫人方才对小姐说，若双公子病不好，还要着实责罚你哩！”

若霞吃惊道：“我何曾冲撞他，只因他说林老爷劝他，与其做假儿子，不如改做真女婿，他甚是喜欢。我只驳得他一句道，这个莫指望。小姐曾说来，女婿可以改做得儿子；既做了儿子，名分已定，怎么做得女婿？若再做女婿，是乱伦了。双公子听了，就顿时不快活，叫我出来了。我何曾冲撞他？”

彩云听了，便不言语，因悄悄与小姐说知，道：“何如？我就疑是这丫头说错了话。双公子是个至诚人，听见说儿子改做不得女婿，自然要着惊生病了。”小姐道：“若为此生病，则这病是我害他了。如今却怎生挽回？”彩云道：“再无别法，只好等我去与他说明，这句话不是小姐说的，他便自然放心无恙了。”小姐道：“他如今病在那里，定有人伺候。你是我贴身之人，怎好忽走到他床前去说话，岂不动人之疑？”彩云道：“这个不打紧，只消先对夫人说明，是小姐差我去问病，便是公，不是私，无碍了。”小姐道：“有理，有理。”

彩云就忙忙走到夫人房里，对夫人说道：“小姐听见说大相公有病，叫我禀明夫人去问候，以尽兄妹之礼。”夫人听了欢喜道：“好呀！正该如此。不知这一会，吃了这帖药，又如何了？你去看过了，可回复我一声。”彩云答应道：“晓得了。”遂一径走到东书院书房中来。

此时青云因夜间服侍辛苦，正坐在房门外矮凳上打瞌睡。彩云便不打醒他，轻轻的走到床前，只见双公子朝着床里，又似睡着的一般，又似醒着的一般，微微喘息。彩云因就床坐下，用手隔着被抚着他的脊背，低低叫道：“大相公醒一醒，你妹子蕊珠小姐，叫我彩云在此问候大相公之安。”双星虽在昏瞶蒙胧之际，却一心只系念在蕊珠小姐身上。因疑若霞说话不实，又一心还想着见彩云细问一问，却又见面无由。今耳朵中忽微微听见“蕊珠小姐”四个字，又听见“彩云在此”四个字，不觉四肢百骸飞越在外的真精神，一霎时俱聚到心窝。忙回过身来，睁眼一看，看见彩云果然坐在面前，不胜之喜。因问道：“不是梦么？”

彩云忽看见双公子开口说话，也不胜之喜，忙答应道：“大相公快苏醒，是真，不是梦。”双星道：“方才隐隐听得像是有人说蕊珠小姐，可是有的？”彩云道：“正是我彩云说你妹子蕊珠小姐，着我在此问候大相公之安。”双星听了，欣然道：“我这病，只消彩云姐肯来垂顾，也就好了一半，何况是蕊珠小姐命来，病自勿药而霍然矣。”因又叹息道：“彩云姐，你何等高情，只不该说‘你妹子’三个字，叫我这病根如何得去？”彩云道：“小姐正为闻得大相公为听见儿子做不得女婿之言而生病，故叫彩云来传言，叫大相公将耳朵放硬些，不要听人胡言乱语。就是真真中表兄妹，温家已有故事，何况年家结义，怎说乱伦！”

双星听了，又惊又喜道：“正是呀！是我性急心粗，一时思量不到。今蒙剖明，领教矣，知过矣。只是还有一疑不解。”彩云道：“还有何疑？”双星道：“但不知此一语，还是出自小姐之口耶？还是彩云姐怜我膏肓之苦，假托此言以相宽慰耶？”彩云道：“婢子要宽慰大相公，心虽有之，然此等言语，若不是小姐亲口吩咐，彩云怎敢妄传？大相公与小姐，过些时少不得要见面，难道会对不出？”

双星道：“小姐若果有心，念及我双星之病，而殷殷为此言，则我双星之刀圭已入肺腑矣，更有何病？但只是我细想起来，小姐一个非礼弗言，非礼弗动，又娇羞腼腆，又不曾与我双星有半眉一眼之勾引，又不曾与我双星有片纸只字往来。就是前日得见小姐之诗，也是侥幸撞着，非私赠我也，焉肯无故而突然不避嫌疑，竟执兄为婿之理？彩云姐虽倾心吐胆，口敝舌颓，吾心终不能信，为之奈何？”

二人正说不了，忽青云听见房中有人说话，吃了一惊，将瞌睡惊醒，忙走进房来，看见双公子像好人一般，睡在床上，欹着半边身子，与彩云说话，不胜欢喜道：“原来相公精神回过来，病好了。”就奉茶水。彩云见有人在前，不便说话，因安慰了双公子几句，就辞出来，去报知小姐。只因这一报，有分教：

守柳下之东墙，窥周南之西子。

不知后事如何，且听下回分解。

第　六　回

俏侍儿调私方医急病　贤小姐走捷径守常经

词云：

许多缘故，只恨无由得诉。亏杀灵心，指明冷窦，远远一番良晤。侧听低吐，悄然问，早已情分意付。试问何为，才色行藏，风流举措。

——右调《柳梢青》

话说彩云看过双公子之病，随即走到夫人房里来回复。恰好小姐也坐在房中。夫人一见彩云，就问道："大相公这一会病又怎么了？"彩云道："大相公睡是还睡在那里，却清清白白与我说了半晌闲话，竟不像个病人。"夫人听了，不信道："你这丫头胡说了，我方才看他，还见他昏昏沉沉，一句话说不出，怎隔不多时，就明明白白与你说话？"彩云道："夫人不信，可叫别人去再看，难道彩云敢说谎？"夫人似信不信，果又叫一个仆妇去看。那仆妇看了，来回说道："大相公真个好了，正在那里问青云哥讨粥吃哩！"夫人听了，满心欢喜，遂带了仆妇，又自去看。

小姐因同彩云回到楼上，说道："双公子病既好了，我心方才放下。"彩云道："小姐且慢些放心，双公子这病，据我看来，万万不能好了。"小姐听了着惊道："你方才对夫人说他不像个病

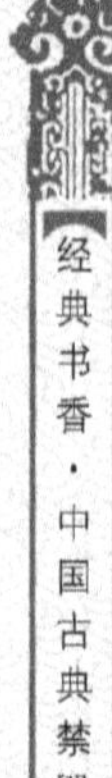

人，与你说闲话，好了，为何又说万万不能好，岂不自相矛盾？”

彩云道：“有个缘故。”小姐道：“有甚缘故？”彩云道：“双公子原无甚病，只为一心专注在小姐身上，听见若霞这蠢丫头说兄妹做不得夫妻，他着了急，故病将起来。及我方才去看他，只低低说得一声‘蕊珠小姐叫我来看你’，他的昏沉早唤醒一半。再与他说明兄妹不可为婚这句话，不是小姐说的。他只一喜，病即全然好了。故我对夫人说，他竟不像个病人。但只可怪他为人多疑，只疑这些话都是我宽慰之言，安他的心，并非小姐之意。我再三苦辩是真，他只是不信。疑来疑去，定然还要复病。这一复病，便叫我做卢扁，然亦不能救矣。”

小姐听了，默然半晌，方又说道：“据你这等说起来，这双公子之命，终究是我害他了，却怎生区处？”彩云道：“没甚区处，只好听天由命罢了。”小姐又说道：“他今既闻你言，已有起色，纵然怀疑，或亦未必复病。且不必过为古人担忧。”彩云道：“只愿得如此就好了。”

不期这双公子，朝夕间只将此事放在心上，踌躇忖度，过不得三两日，果然依旧，又痴痴呆呆，病将起来。夫人着慌，忙请名医来看视，任吃何药，只不见效。小姐回想彩云之言不谬，因又与他商量道：“双公子复病，到被你说着了。夫人说换了几个医生，吃药俱一毫无效。眼见得有几分危险，须设法救他方好。但我这几日，也有些精神恍惚，无聊无赖，想不出什么法儿来。你还聪明，可为我想想。”彩云道：“这是一条直路，并无委曲，着不得辩解。你若越辩解，他越狐疑。只除非小姐面言一句，他的沉疴便立起矣。舍此，莫说彩云愚下之人，就是小姐精神好，也思算不出什么妙计来。”

小姐道：“我与双公子，虽名为兄妹，却不是同胞，怎好私去看他？就以兄妹名分，明说要去一看，也只好随夫人同去，也没个独去之理。若同夫人去，就有话也说不得。去有何用？要做一诗，或写一信，与他说明，倘他不慎，落人耳目，岂非终身之玷？舍此，算来算去，实无妙法。若置之不问，看他恹恹就死，又于心不忍，却为之奈何？”

彩云道：“小姐若呆呆的守着礼法，不肯见他一面，救他之命，这就万万没法了。倘心存不忍，肯行权见他，只碍着内外隔别，无由而往，这就容易处了。”小姐道：“从来经权，原许并用，若行权有路，不背于经，这又何妨？但恐虚想便容易，我又不能出去，他又不能入来，实实要见一面，却又烦难。”彩云道：“我这一算，倒不是虚想，实实有个东壁可窥可凿，小姐只消远远的见他一面，说明了这句兄妹夫妻的言语，包管他的病即顿时好了。”小姐道：“若果有此若近若远的所在，可知妙了。但不知在于那里？”

彩云道：“东书院旁边，有一间堆家伙的空屋，被树木遮住，内中最黑，因在西壁上，开了一个小小的圆窗儿透亮。若站在桌子上往外一观，恰恰看得见熙春堂的假山背面。小姐若果怜他一死，只消在此熙春堂上，玩耍片时，待我去通他一信，叫他走到空屋里，立在桌子上圆窗边伺候。到临时，小姐只消走到假山背后，远远的见他一面，悄悄的通他一言，一桩好事便已做完了，有甚难处?”

小姐道：“这条路，你如何晓得?”彩云道：“小姐忘记了，还是那一年。小姐不见了小花猫，叫我东寻西寻，直寻到这里，方才寻着，故此晓得。”小姐听了欢喜道：“若是这等行权，或者也于礼法无碍。”彩云看见小姐有个允意，又复说道：“救病如救火，小姐既肯怜他，我就要去报他喜信，约他时候了。”小姐道：“事已到此，舍此并无别法，只得要托你了。但要做得隐秀方妙。”彩云道：“这个不消吩咐。”一面说，一面就下楼去了。

走到夫人房中，要说又恐犯重，要不说又怕涉私。恰好夫人叫人去起了课来，起得甚好，说这病今日就要松动，明日便全然脱体。夫人大喜，正要叫人去报知，忽见彩云走来，因就对他说道：“你来得正好，可将这课帖儿拿去，唤醒了大相公，报与他知，说这个起课的先生最灵，起他这病，只在早晚就好。”

彩云见凑巧，接着就走。刚走到书房门首，早看见青云迎着，笑嘻嘻说道：“彩云姐来的好，我家相公睡梦中不住的叫你哩！你快去安慰安慰他。”彩云走着，随答应道：“叫我做甚?我是夫人起了个好课，叫我来报知大相公的。”因将课帖儿拿出来一扬，就走进房，直到床前。也不管双公子是睡是不睡，竟低低叫一声：“大相公醒醒，我彩云在此，来报你喜信。”果然是心病还将心药医，双星此时，蒙蒙胧胧，恍恍惚惚，任是鸟声竹韵，俱不关心，只听得“彩云”二字，便魂梦一惊，忙睁开眼来一看，见果是彩云，心便一喜。因说道：“你来了么?我这病断然要死，得见你一见，烦你与小姐说明，我便死也甘心。”

彩云见双公子说话有清头，因低低说道："你如今不死了，你这病原是为不信我彩云的言语害的。我已与小姐说明，请小姐亲自与你见一面，说明前言是真，你难道也不相信，还要害病?"双公子道："小姐若肯觌面亲赐一言，我双星便死心相守，决不又胡思乱想了。但恐许我见面，又是彩云姐的巧言宽慰，以缓我一时之死。"彩云道："实实与小姐商量定了，方敢来说，怎敢哄骗大相公。"双星道："我也知彩云姐非哄骗之人。但思此言，若非哄骗，小姐闺门严紧，又不敢出来，我双星虽称兄妹，却非同胞，又不便入去，这见面却在何处?"

彩云笑一笑，说道："若没个凑巧的所在，便于见面，我彩云也不敢轻事重帮的来说了。"因附着双公子的耳朵，说明了空屋里小圆窗直看见熙春堂假山背后，"可约定了时候，你坐在窗口等候，待我去请出小姐来，与你远远的见一面，说一句，便一件好事定了。你苦苦的害这瞎病做什么!"双公子听见说话有源有委，知道是真，心上一喜，早不知不觉的坐将起来，要茶吃。

青云听见，忙送进茶来。彩云才将夫人的课帖儿，递与双公子道："这是夫人替大相公起的课，说这病有一个恩星照命，早晚就好。今大相公忽然坐起来，岂不是好了，好灵课！我就要去回复夫人，省得他记挂。"就要走了出来，双公子忙又留下他道："且慢！还有话与夫人说。"彩云只得又站下。双公子直等青云接了茶去，方又悄悄问彩云道："小姐既有此美意，却是几时好?"彩云道："今日恐大相公身子还不健，倒是明日午时，大相公准在空屋里小窗口等候罢。"双公子道："如此则感激不尽，但不可失信！”彩云道：“决不失信。”说罢，就去了。正是：

一片桐凋秋已至，半枝梅绽早春通。
心窝若透真消息，沉病先收卢扁功。

彩云走了回来，先回复过夫人，随即走到楼上，笑嘻嘻与小姐说道：“小姐你好灵药也！我方才走去，只将与小姐商量的妙路儿，悄悄向他说了一遍，他早一骨碌爬起来，粘紧了要约时日，竟像好人一般了，你道奇也不奇？”小姐听了，也自喜欢道：“若是这等看起来，他这病，实实是为我害了。我怎辜负得他，而又别有所图！就与他私订一盟，或亦行权所不废。但不知你可曾约了时日？”彩云道：“我见他望一见，不啻大旱之望云霓，已许他在明日午时了，小姐须要留意。”二人说罢，就倏忽晚了。

到了次日，小姐梳妆饭后，彩云就要催小姐到熙春堂去。小姐道：“既约午时，此际只好交辰，恐去得太早，徘徊徙倚，无聊无赖，转怨尾生之不信。”彩云道：“小姐说的虽是，但我彩云的私心，又恐怕这个尾生，比圯桥老人的性子还急，望穿了眼，又要病将起来。”小姐笑道：“你既是这等过虑，你可先去探望一回，看他可有影子，我再去也不迟。”彩云道：“不是我过虑，但恐他病才略好些，勉强支持，身子立不起。”小姐道：“这也说得是。”

彩云遂忙忙走到熙春堂假山背后，抬头往圆窗上一张，早看见双公子在那里伸头缩脑的痴望。忽看见彩云远远走来，早喜得眉欢眼笑，等不得彩云走到假山前，早用手招邀。彩云忙走近前，站在一块多余的山石上，对他说道：“原约午时，此时还未及巳，你为何老早的就在此间，岂不劳神而疲，费力而倦?”双公子道：“东邻既许一窥，则面壁三年，亦所不惮，何况片时，又奚劳倦之足云！但不知小姐所许可确?若有差池，我双星终不免还是一死。”彩云笑道：“大相公，你的疑心也太多，到了此时此际，还要说此话。这不是小姐失约来迟，是你性急来得太早了。待我去请了小姐来吧。”

一面说，一面即走回楼上，报与小姐道：“何如?我就愁他来得太早，果然已立半晌了。小姐须快去，见他说一句决绝言语，使他拴系定了心猿意马，以待乘鸾跨凤，方不失好逑君子之体面。若听其怀忧蓄虑，多恨多愁，流为荡子，便可怜而可惜。”小姐听了道：“你不消说了，使我心伤，但同你去吧。”

二人遂下楼，悄悄的走到熙春堂来。见熙春堂无人，遂又悄悄的沿着一带花荫小路，转过荼架，直走到假山背后。小姐因曲径逶迤，头还不曾抬起，眼还不曾看见圆窗在那里，耳朵里早隐隐听见双星声音说道：“为愚兄忧疑小恙，怎敢劳贤妹屈体亵礼，遮掩到此。一段恩情，直重如山，深如海矣!”

小姐走到了，彩云扶他在石上立定，再抬头看，见双公子在圆窗里笑面相迎，然后答应道：“贤兄有美君子，既已下思荇菜，小妹葑菲闺娃，岂不仰慕良人?但男女有别，婚姻有礼，从无不待父母之命而自媒者。然就贤兄与小妹之事，细细一思，无姻之千里，忽相亲于咫尺，此中不无天意。唯有天意，故父母之人事已于兄妹稍见一斑矣。贤兄若有心，不以下体见遗，自宜静听好音，奈何东窥西探，习挑达之风，以伤河洲之化，岂小妹之所仰

望而终身者也？况过逞狂态，一旦堕入仆妾窥伺之言，使人避嫌而不敢就，失此良姻，岂非自误！望贤兄谨之。”

双星道：“愚兄之狂态，诚有如贤妹之所虑，然实非中所无主而妄发也。因不知贤妹情于何钟，念于谁属，窃恐无当，则不独误之一时，直误之终身。又不独误之终身，竟误之千秋矣。所关非小，故一时之寸心，有如野马，且不知有死生，安知狂态！虽蒙彩云姐再三理喻，非不信其真诚，但无奈寸心恍惚，终以未见贤妹而怀疑。疑心一动，而狂态作矣。今既蒙妹果如此垂怜，又如此剖明，则贤妹之情见矣。贤妹之情见，则愚兄之情定矣。无论天有意，父母有心，即时事不偶，或生或死，而愚兄亦安心于贤妹而不移矣，安敢复作狂态！”

小姐道：“辗转反侧，君子未尝不多情，然须与桑濮之勾挑相远。贤兄若以礼自持，小妹又安敢不守贞以待！但行权仅可一时，万难复践。况小妹此衷，今已剖明，后此不敢复见矣，乞贤兄谅之。”双星道：“贤妹既已底里悉陈，愚兄自应亲疏死守矣。但不知死守中，可能别有一生机，乞贤妹再一为指迷。”小姐道：“君无他，妾无他，父母谅亦无他。欲促成其事，别无机括，唯功名是一捷径，望贤兄努力。他非小妹所知也。”

双星听了，连连点头道：“字字入情，言言切理，愚兄何幸，得沐贤妹之爱如此，真三生之幸也。”小姐说罢，即命彩云搀扶他走下石头来，说道：“此多露之地，不敢久留，凡百愿贤兄珍重。”双星本意还要多留小姐深谈半晌，无奈身子拘在小窗之内，又不能留。只说得一声道：“夫人尊前，尚望时赐一顾。”小姐听了，略点一点头，就花枝一般袅袅娜娜去了。正是：

见面无非曾见面，来言仍是说来言。

谁知到眼闻于耳，早已心安不似猿。

小姐同彩云刚走到熙春堂，脚还不曾站稳，早有三两个侍妾，因楼上不见了小姐，竟寻到熙春堂来，恰恰撞着小姐，也不问他长短，遂一同走回楼上。大家混了半晌，众侍妾走开，小姐方又与彩云说道："早是我二人回到熙春堂了，若再迟半刻，被他们寻着看破，岂不出一场大丑！以后切不可再担这样干系。"彩云道："今日干系虽担，却救了一条性命。"二人闲说不提。

且说双星亲眼见小姐特为他来，亲耳听见小姐说出许多应承之话，心下只一喜，早不知不觉的病都好了。忙走回书房，叫青云收拾饭吃。吃过饭，即入内来拜谢夫人。夫人见他突然好了，喜之不胜，又留他坐了，问长问短。双星因有小姐功名二字在心，便一心只想着读书。只因这一读，有分教：

佳人守不着才子，功名盼不到婚姻。

不知后事如何，且听下回分解。

第　七　回

私心才定忽惊慈命促归期　好事方成又被狡谋生大衅

词云：

幽香才透春消息，喜与花相识。谁知桂子忽惊秋，一旦促他，归去使人愁。闺中帘幕深深护，燕也无寻处。钻窥无奈贼风多，早已颠形播影暗生波。

——右调《虞美人》

话说双星自在小圆窗里，亲见了蕊珠小姐，面订了婚姻之盟，便欢喜不胜，遂将从前忧疑之病，一旦释然。又想着小姐功名之言，遂安心以读书为事，每日除了入内问安之外，便只在书房中用功努力。小姐暗暗打听得知，甚是敬重。此时江章已回家久矣，每逢着花朝月夕，就命酒与双星对谈，见双星议论风生，才情焕发，甚是爱他。口中虽不说出，心中却有个暗暗择婿之意。双星隐隐察知，故愈加孝敬，以感其心。况入内问安，小姐不负前言，又常常一见，虽不能快畅交言，然眉目之间，留情顾盼，眷恋绸缪，不减胶漆。

正指望守得父母动情，以图好合，不期一日，忽青云走来报道："野鹤回来了。"双星忙问道："野鹤在那里？"青云道："在里边见老爷夫人去了。"双星连忙走入内来。野鹤看见，忙叩见道："蒙公子差回，家中平安，夫人康泰。今着小人请公子早回。"遂在囊中取出双夫人的书来送上。双星接了，连忙拆开一看，只见上面写的是：

野鹤回，知汝在浙，得蒙江老伯及江老伯母，念旧相留，不独年谊深感，且不忘继立旧盟，置之子舍，恩何深而义何厚也！自应移孝事之，但今秋大比，乃汝立身之际，万不可失。可速速回家，早成前人之业，庶不负我一生教汝之苦心。倘有寸进，且可借此仰报恩父母之万一。字到日，可即治装，毋使我倚闾悬望。至嘱！至嘱！外一函并土仪八色，可致江老伯暨江老伯母叱存，以表远意。

母文氏字

双星看完，沉吟不语。江章因问道："孩儿见书，为何不语？"双星只得说道："家慈书中，深感二大人之恩，如天高地厚。但书中言及秋闱，要催孩儿回去，故此沉吟。"遂将母亲的书送上与江章看。江章看完，因说道："既是如此，只得要早些回去。"

此时小姐，正立在父母之旁，双星因看小姐一眼，说道："孩儿幼时，已昧前因，倒也漠然罢了。但今既无说明，又蒙二大人待如己出，孩儿即朝夕侍于尊前，犹恐不足展怀，今何敢轻言远去。况功名之事尚有可待，似乎从容可也。"夫人因接说道："我二人老景，得孩儿在此周旋，方不寂寞，我如何舍得他远行？"江章笑道："孩儿依依不去，足见孝心。夫人留你不舍，实出爱念。然皆儿女之私，未知大义。当日双年兄书香一脉，今日年嫂苦守，皆望你一人早续。今你幼学壮行，已成可中之才，不去冠军，而寄身于数千里之外，悠忽消年，深为可惜。况年嫂暮年，既有字来催，是严命也，孩儿怎生违得?”

双星只得低头答应道：“是。”夫人见老爷要打发他回去，知不可留，止不住堕泪。小姐听见父亲叫双星回去，又见母亲堕泪，心中不觉凄楚。恐被人看见，连忙起身回房去了。双星忽抬头，早不见了小姐。只得辞了二人，带了野鹤，回书房去了。正是：

见面虽无语，犹承眉目恩。

一朝形远隔，那得不消魂。

夫人见双星要回家去秋试，一时间舍不得他，因对江章说道：“你我如此暮年，无人倚靠，一向没有双元到也罢了，他既在我家，住了这许久，日日问安，时时慰藉，就如亲子一般。他今要去，实是一时难舍。况且我一个女孩儿，年已长大，你口里只说要择个好女婿，择到如今，尚没有些影儿。既没儿子，有个女婿，也可消消寂寞。”江章笑道：“择婿我岂不在心。但择婿乃女孩儿终身大事，岂可草草许人，择到如今，方有一人在心上了，且慢慢对你说。”夫人道：“你既有人中意，何不对我说明，使我也欢喜欢喜。”江章道：“不是别人，就是双星。我看他少年练达，器宇沉潜，更兼德性温和，学高才广，将来前程远大，不弱于我。选为女孩儿作配，正是一对佳人才子。”

夫人听见要招双星为婿，正合其心，不胜大喜道：“我也一向有此念，要对你说，不知你心下如何。你既亦有此心，正是一

对良缘，万万不可错过。你为何还不早说？”江章道：“此事只差两件，故一向踌躇未定。”夫人道：“你踌躇何事？”江章道：“一来你我只得这个女儿，岂肯嫁出，况他家路远，恐后来不便。二来我堂堂相府，不便招赘白衣，故此踌躇。”夫人道：“他原是继名于我的，况他又有兄弟在家，可以支持家事。若虑嫁出，只消你写书致意他母亲，留他在此，料想双星也情愿。至于功名，那里拘得定。你见那家的小姐，就招了举人、进士？只要看得他文才果是如何。”江章道：“他的文才，实实可中，倒不消虑得。”夫人道：“既是如此，又何消踌躇？”江章道：“既夫人也有此意，我明日便有道理。”二人商量不提。

却说小姐归到拂云楼，暗暗寻思道：“双郎之盟，虽前已面订，实指望留他久住，日亲日近，才色对辉，打动父母之心，或者侥幸一时之许可。不期今日陡然从母命而归，虽功名成了，亦是锦上之花。但恐时事多更，世情有变，未免使我心恻恻，为之奈何？”正沉吟不悦，忽彩云走来说道：“小姐恭喜了！”小姐道：“不要胡说，我正在愁时，有何喜可言？”彩云遂将老爷与夫人商量，要取双公子为婿之言，细细说了一遍，道：“这难道不是喜么？”小姐听了，方欣然有喜气道：“果是真么？”彩云道：“不是真，终不成彩云敢哄骗小姐？”小姐听了，暗暗欢喜不提。

却说双星既得了母亲的书信，还打帐延捱，又当不得江老，引大义促归，便万万不能停止。欲要与小姐再亲一面，再订一盟，却内外隔别，莫说要见小姐无由，就连彩云，也不见影儿，心下甚是闷苦。过不得数日，江章与夫人因有了成心，遂择一吉日，吩咐家人备酒，与公子饯行。不一时完备。江章与夫人两席在上，双星一席旁设。大家坐定，夫人叫请小姐出来。小姐推辞，夫人道："今日元哥远行，既系兄妹，礼应祖饯。"小姐只得出来，同夫人一席。

饮到中间，江章忽开口对双星说道："我老夫妇二人，景入桑榆，自渐无托，唯有汝妹，承欢膝下，娱我二人之老。又喜他才华素习，诚有过于男子，是我夫妻最所钟爱。久欲为他选择才人，以遂室家，为我半子。但他才高色隽，不肯附托庸人，一时未见可儿，故致愆期到此，是我一件大心事未了。但恨才不易生，一时难得十全之婿。近日来求者，不说是名人，就说是才子，及我留心访问，又都是些邀名沽誉之人，殊令人厌贱。今见汝胸中才学，儒雅风流，自取金紫如拾芥，选入东床，庶不负我女之才也。吾意已决久矣，而不轻许出口者，意欲汝速归夺锦，来此完配，便彼此有光。不知你心下如何？若能体贴吾意，情愿乘龙，明日黄道吉辰，速速治装可也。"

双星此时在座吃酒，胸中有无限的愁怀。见了小姐在座，说又说不出来，唯俯首寻思而已。忽听见江章明说将小姐许他为妻，不觉神情踊跃，满心欢喜。连忙起身，拜伏于地道："孩儿庸陋，自愧才疏，非贤妹淑人之配。乃蒙父母二大人眷爱，移继子而附荀香，真天高地厚之恩，容子婿拜谢！"说罢，就在江章席前三拜，拜完，又移到夫人席前三拜。小姐听见父亲亲口许配双星，暗暗欢喜，又见双星拜谢父母，便不好坐在席间，连忙起身入内去了。

双星拜罢起来，入席畅饮，直饮得醺醺然，方辞谢出来。归到书房，不胜快活。所不满意者，只恨行期急促，不能久停，又无人通信，约小姐至小窗口一别，心下着急。到了次日，推说舍不得夫人远去，故只在夫人房中走来走去，指望侥幸再见小姐一面。谁知小姐自父母有了成言，便绝迹不敢复来，唯托彩云取巧传言。双星又来回了数次，方遇见彩云，走到面前低低说道："小姐传言，说事已定矣，万无他虑。今不便再见，只要大相公速去取了功名，速来完此婚好，不可变心。"双星听了，还要与他说些什么，不期彩云，早已避嫌疑走开了。双星情知不能再见，无可奈何，只得归到书房去，叫青云、野鹤收拾行李。

到了临行这日，江章与夫人请他入去一同用饭。饭过，夫人又说道："愿孩儿此去，早步蟾宫，桂枝高折，速来完此良姻，莫使我二人悬念。"双星再拜受命。夫人又送出许多礼物盘缠，又书一封问候双夫人。双星俱受了，然后辞出。夫人含泪，送至中门。此时小姐不便出来，唯叫彩云暗暗相送。双星唯眉目间留意而已。江章直送出仪门之外，双星方领了青云、野鹤二人上路而行。正是：

来时原为觅佳人，觅得佳人拟占春。

不道功名驱转去，一时盼不到婚姻。

双星这番在路，虽然想念小姐，然有了成约，只要试过，便来做亲，因此喜喜欢欢，兼程而进，且按下不提。

却说上虞县有一个寄籍的公子，姓赫名炎，字若赤。他祖上是个功臣，世袭侯爵，他父亲现在朝中做官，因留这公子在家读

书。谁知这公子，只有读书之名，却无读书之实，年纪虽只得十五、六岁，因他是将门之子，却生得人物魁伟，情性豪华，挥金如土，便同着一班门下帮闲，终日在外架鹰放犬的打围，或在花丛中作乐，日则饮酒食肉，夜则宿妓眠娼，除此并无别事。不知不觉，已长到二十岁了。这赫公子因想道："我终日在外，与这些粉头私窠打混，虽当面风骚，但我前脚出了门，他就后脚又接了新客，我的风骚已无迹影。就是包年包月，眼睛有限，也看管不得许多，岂不是多年子弟变成龟了！我如今何不聘了一头亲事，少不得是乡宦人家的千金小姐，与他在家中朝欢暮乐，岂不妙哉！"

主意定了，就与这班帮闲说道："我终日串巢窠，嫖婊子，没个尽头的日子。况且我父亲时常有书来说我，家母又在家中琐碎，也觉得耳中不清净。况且这些娼妓们，虚奉承，假恩爱的熟套子看破了，也觉有些惹厌。我如今要另寻一个实在受用的所在了。"

这班帮闲听见公子要另寻受用，便一个个逞能划策，争上前说道："公子若是喜新厌旧，憎嫌前边的这几个女人，如今秦楼上，又新到了几个有名的娼妓，楚馆中，又才来了几个出色的私窠，但凭公子去拣选中意的受用，我们无不帮衬。"赫公子笑道："你们说的这些，都不是我的心事了。我如今只要寻一位好标致小姐，与我做亲，方是我的实受用。你们可细细去打听，若打听得有甚大乡宦大家出奇的小姐，说合成亲，我便每人赏你一个大元宝，决不食言！"

这些帮闲，正要撺掇他去花哄，方才有得些肥水入己，不期今日公子看破了婊子行径，不肯去嫖，大家没了想头，一个个垂头丧气。及听到后来要他们出去打听亲事，做成了媒，赏一个大元宝，遂又一个个摩拳擦掌的说道：“我只说公子要我们去打南山的猛虎，锁北海的蛟龙，这便是难事了。若只要我们去做媒，不是我众人夸口说，浙江一省十一府七十五县，城里城外，各乡各镇，若大若小乡宦人家的小姐，标致丑陋，长短身材，我们无不晓得。况且重赏之下，必有勇夫，这是极容易的事。”公子听了，大喜道：“原来你们这样停当，可作速与我寻来，我捡中意的就成。”

不数日，这些帮闲，果然就请了无数乡宦人家小姐的生辰八字，来与公子捡择。偏生公子会得打听，不是嫌他官小，就是嫌他人物平常。就忙得这些帮闲，日日钻头觅缝去打听，要得这个元宝，不期再不能够中公子之意。忽一日，有个帮闲叫做袁空在县中与人递和息，因知县尚未坐堂，他便坐在大门外石狮子边守候。

只见一个老儿，手里拿着一张小票，一个名帖，在那里看。这袁空走来看见，因问道：“你这老官儿，既纳钱粮，为何又有名帖？”那老儿说道：“不要说起，我这钱粮，是纳过的了。不期新官到任，被书吏侵起，前日又来催征。故我家老爷，叫我来查。”袁空连忙在这老儿手中，取过名帖来看，见上写着有核桃大的三个大字，是“江章拜”。因点头说道：“你家老爷，致仕多年，闻得年老无子，如今可曾有公子么？”那老儿道：“公子是没

有，只生得一位小姐。”袁空便留心问道：“你家小姐，今年多大了?”那老儿道：“我家小姐，今年十六岁了。”袁空道：“你家小姐，生得如何？可曾许人家么?”

那老儿见问，一时高兴起来，就说道：“相公若不问起我家小姐便罢，若问起来，我家这位小姐，真是生得千娇百媚，美玉无瑕，袅袅如风前弱絮，婷婷似出水芙蓉。我家老爷爱他，无异明珠，取名蕊珠小姐，又教他读书识字。不期小姐天生的聪明，无书不读，如今信笔挥洒，龙蛇飞舞，吟哦无意，出口成章，真是青莲减色，西子羞容。只因我家老爷要选个风流才子，配合这窈窕佳人，一时高不成，低不就，故此尚然韫椟而藏。”袁空听了，满心欢喜。因又问道：“你在江老爷家是甚员役?”那老儿笑嘻嘻说道：“小老儿是江太师老爷家一员现任的门公江信便是。”袁空听了，也忍笑不住。

不一时，知县坐堂，大家走开，袁空便完了事情回来。一路上侧头摆脑的算计道：“他两家正是门当户对，这头亲事，必然可成，我这元宝哥哥，要到我手中了。”遂不回家，一径走来，寻见赫公子，说道：“公子喜事到了！我们这些朋友，为了公子的亲事，那一处不去访求，真是茅山祖师，照远不照近。谁知这若耶溪畔，西子重生，洛浦巫山，神女再出。公子既具王陵豪侠，若无这位绝世佳人，与公子谐伉俪之欢，真是错过。”

赫公子听了笑道：“我一向托人访问，并无一个出色稀奇的女子。你今日有何所见，而如此称扬？你且说是那家的小姐，若说得果有些好处，我好着人去私访。”袁空笑道：“若是别人走来报这样的喜信，说这样的美人，必要设法公子开个大大的手儿，方不轻了这位小姐。只是我如何敢勒公子，只得要细说了。”只因这一说，有分教：

抓沙抵水，将李作桃。

不知后事如何，且听下回分解。

第　八　回

痴公子痴的凶认大姐做小姐　精光棍精得妙以下人充上人

词云：

千春万杵捣玄霜，指望成时，快饮琼浆。奈何原未具仙肠，只合青楼索酒尝。从来买假是真方，莫嫌李苦，惯代桃僵。忙忙识破野鸳鸯，早已风流乐几场。

——右调《一剪梅》

话说袁空，因窃听了江蕊珠小姐之名，便起了不良之心，走来哄骗赫公子道："我今早在县前，遇着一个老儿，是江阁老家的家人江信。因他有田在我县中，叫家人来查纳过的钱粮。我问他近日阁老如何，可曾生了公子。那家人道：'我家老爷公子到不曾生，却生了一位赛公子的小姐，今年十六岁。'我问他生得如何，却喜得这老儿不藏兴，遂将这小姐取名蕊珠，如何标致，如何有才，这江阁老又如何爱他，又如何择婿，如此如此，这般这般，真是说与痴人应解事，不怜人处也怜人。"

赫公子听了半晌，忽听到说是什么百媚千娇，又说是什么西子神女，又说是什么若耶洛浦，早将赫公子说得一如雪狮子向火。酥了半边。不觉大喜道："我如今被你将江蕊珠小姐一顿形容，不独心荡魂消，只怕就要害出相思病来了。你快些去与我致意江老伯，说我赫公子爱他的女儿之极，送过礼去，立刻就要成亲了。”

袁空听了大笑道：“原来公子徒然性急，却不在行。一个亲事，岂这等容易？就是一个乡村小人家的儿女，也少不得要央媒说合，下礼求聘，应允成亲。何况公子是公侯之家，他乃太师门第。无论有才，就是无才，也是一个千金小姐，娇养闺中，岂可造次，被他笑公子自大而轻人了。”赫公子道：“依你便怎么说？”袁空道：“依我看来，这头亲事，公子必须央寻一个贵重的媒人去求，方不失大体。我们只好从旁赞襄而已。公子再不惜小费，我们转托人在他左近，称扬公子的好处。等江阁老动念，然后以千金为聘，则无不成之理。”公子道：“你也说得是。我如今着人去叫绍兴府知府莫需去说。你再去相机行事，你道好么？”袁空道：“若是知府肯去为媒，自然稳妥。”公子连忙叫人写了一封书，一个名帖，又吩咐了家人许多言语。

到了次日，家人来到府中，也不等知府升堂，竟将公子的书帖投进。莫知府看了，即着衙役唤进下书人来吩咐道：“你回去拜上公子，书中之事，我老爷自然奉命而行。江太师台阁小姐，既是淑女，公子侯门贵介，又是才郎，年龄又相当，自然可成。只不知天缘若何，一有好音，即差人回复公子也。”又赏了来人路费。来人谢赏回家，将知府吩咐的话说知，公子甚是欢喜不提。

却说这知府是科甲出身，做人极是小心，今见赫公子要他为媒，心下想道：“一个是现任的公侯，一个是林下的宰相。两家

结亲，我在其中撮合，也是一件美事。”因拣了一个黄道吉日，穿了吉服，叫衙役打着执事，出城往笔花墅而来。不一时到了山中村口，连忙下轿，走到江府门前，对门上人说道：“本府有事，要求见太师老爷。今有叩见的手本，乞烦通报。”门上人见了，不敢怠慢，连忙拿了手本进来。

此时江章正坐在避暑亭中，忽见家人拿着一个红手本进来说道：“外面本府莫太爷，要求见老爷，有禀帖在此。”连忙呈上。江章看了，因想道：“我在林下多年，并不与府县官来往，他为何来此？欲不出见，他又是公祖官，只说我轻他。况且他是科目出身，做官也还清正，不好推辞。”只得先着人出去报知，然后自己穿了便服，走到阁老厅上，着人请太爷相见。

知府见请，连忙将冠带整一整，遂一步步走上厅来。江章在厅中，略举手一拱。莫知府走入厅中，将椅摆在中间，又将衣袖一拂道：“请老太师上坐，容知府叩见！”便要跪将下去，江章连忙扶住说道：“老夫谢事已久，岂敢复蒙老公祖行此过礼，使老夫不安，只是常礼为妙。”知府再三谦让，只得常礼相见。傍坐，茶过，叙了许多寒温。江章道：“值此暑天，不知老公祖何事贲临？幸乞见教。”

莫知府连忙一揖道：“知府承赫公子见托，故敢趋谒老太师。今赫公子乃赫侯之独子，少年英俊，才堪柱国，谅太师所深知也。今公子年近二十，丝萝无系足之缘，中匮乏蘋蘩之托。近闻老太师闺阃藏珠，未登雀选，因欲侍立门墙，以作东床佳婿，故托知府执柯其间，作两性之欢，结三生之约。一是勋侯贤子，一是鼎鼐名姝，若谐伉俪，洵是一对良缘。不识老太师能允其请否？”

江章道：“学生年近衰髦，止遗弱质。只因他赋性娇痴，老夫妇过于溺爱，择婿一事，未免留心，向来有求者，一无可意之人，往往中止。不意去冬，蜀中双年兄之子念旧，存问于学生，因见他翩翩佳少，才学渊源，遂与此子定姻久矣。今春双年嫂有字，催他乡试，此子已去就试，不久来赘。乞贤太守致意赫公子，别缔良缘可也。”莫知府道：“原来老太师东床有婿，知府失言之罪多多矣，望老太师海涵。”连忙一恭请罪。江章笑道：“不知何妨，只是有劳贵步，心实不安。”说罢，莫知府打躬作别，江章送到阶前，一揖道：“恕不远送了。”莫知府退出，上轿回府，连夜将江阁老之言，写成书启，差人回复赫公子去了。

差人来见公子，将书呈上。公子只说是一个喜信，遂连忙拆开一看，却见上面说的，是江章已与双生有约，乞公子别择贤门可也。公子看完，勃然大怒，因骂道：“这老匹夫，怎么这样颠倒！我一个勋侯之子，与你这退时的阁老结亲，谁贵谁荣？你既自己退时，就该要攀高附势，方可安享悠久。怎么反去结识死过的侍郎之子，岂非失时的偏寻倒运了！他这些说话，无非是看我们武侯人家不在眼内，故此推辞。”

众帮闲见赫公子恼怒不息，便一起劝解。袁空因上前说道：“公子不须发怒，从来亲事，再没个一气说成的。也要三回五转，托媒人不惜面皮，花言巧语去说，方能成就。我方才细细想来，江阁老虽然退位，却不比得削职之人。况且这个知府，虽然是他公祖官，然见他阁下，必是循规蹈矩，情意未必孚洽。情意既不孚洽，则自不敢为公子十分尽言。听见江老说声不允，他就不敢开口，便来回复公子，岂不他的人情就完了。如今公子若看得这头亲事不十分在念，便丢开不必提了。若公子果然真心想念，要得这个美貌佳人，公子也惜不得小费，我们也辞不得辛苦。今日不成，明日再去苦求，务必玉成，完了公子这心愿。公子意下如何?”

赫公子听了大喜道：“你们晓得我往日的心性，顺我者千金不吝，逆我者半文不与。不瞒你说，我这些时，被你们说出江小姐的许多妙处，不知怎么样，就动了虚火，日间好生难过，连夜里俱梦着与小姐成亲。你若果然肯为我出力，撮合成了，我日后感念你不小。况且美人难得，银钱一如粪土。你要该用之处，只管来取，我公子决不吝惜。”

袁空笑说道：“公子既然真心，前日所许的元宝，先拿些出来，分派众人，我就好使他们上心去做事。”公子听了，连忙入内，走进库房，两手拿着两个元宝出来，都掷在地下道：“你们分去，只要快些上心做事!”袁空与众帮闲连忙拾起来，说道：“就去，就去!”遂拿着元宝，别了公子出来。

众人俱欢天喜地。袁空道：“你们且莫空欢喜，若要得这注大财，以后凡事须要听我主张，方才妥帖。”众人道：“这个自然，悉听老兄差遣。”袁空道：“我们今日得了银子，也是喜事，可同到酒店中去吃三杯，大家商量行事。”众人道：“有理，有理。”遂走入城中，拣一个幽静的酒馆，大家坐下。不一时酒来，大家同饮。

袁空说道："我方才细想，为今之计，我明日到他近处，细细访问一番。若果然有人定去，就不必说了；若是无人，我回来叫公子再寻托有势力的大头脑去求，只怕江阁老也辞不得他。"众人道："老兄之言，无不切当。"不一时酒吃完，遂同到银铺中，要将银分开。众人道："我们安享而得，只对半分开，你得了一个，这一个，我们同分吧。"袁空推逊了几句，也就笑纳了，遂各自走开不提。

却说这蕊珠小姐，自从双星别后，心中虽是想念，幸喜有了父母的成约，也便安心守候。不期这日，听见本府莫太爷受了赫公子之托，特来做媒，因暗想道："幸喜我与双星订约，又亏父母亲口许了，不然今日怎处?"便欢欢喜喜，在闺中做诗看书不提。正是：

一家女儿百家求，一个求成各罢休。

谁料不成施毒意，巧将鸦鸟作雎鸠。

却说袁空果然悄悄走到江家门上，恰好江信在楼下坐着，袁空连忙上前拱手道："老官儿，可还认得我么?"江信见了，一时想不起来，道："不知在何处会过，到有些面善。"袁空笑道："你前日在我县中相遇，你就忘了。"

江信想了半日道："可是在石狮子前相见的这位相公么?"袁空笑道："正是。"江信道："相公来此何干?"袁空道："我有一个相知在此，不期遇他不着，顺便来看看你。"江信道："相公走得辛苦了，可在此坐坐，我拿茶出来。"袁空道："茶到不消，你这里可有个酒店么？我走得力乏了，要些接力。"江信道："前面

小桥边亭子上，就是个酒店，我做主人请相公吧。”袁空道：“岂有此理，我初到这里不熟，烦老兄一陪。”原来这江信是个酒徒，听见吃酒，就有个邀客陪主之意，今见袁空肯请他，便不胜欢喜道：“既是相公不喜吃冷静杯，小老儿只得要奉赔了。”

于是二人离了门前，走入酒店，两人对酌而饮。江信吃了半日，渐有醉意，因停杯问道：“我这人真是懵懂，吃着酒，连相公姓名也不曾请教过。”袁空笑道：“我是上虞县袁空。”二人又吃了半晌，袁空便问道：“你家老爷，近日如何？”江信道：“我家老爷，在家无非赏花赏月，山水陶情而已。”袁空道：“前日我闻得赫公子央你府中太爷为媒，求聘你家小姐，这事有的么？”江信道：“有的，有的。但他来得迟了，我家小姐已许人了。”

袁空吃惊问道：“我前日在县前会你，你说老爷择婿谨慎，小姐未曾许人。为何隔不多时，就许人了？”江信道：“我也一向不晓得，就是前日太爷来时，见我家老爷回了，我想这侯伯之家结亲，也是兴头体面之事，为何回了？我家妈妈说道：‘你还不知道，今年春天，老爷夫人当面亲口许了双公子，今年冬天就来做亲了。’我方才晓得小姐是有人家的了。”袁空道：“这双公子，为何你家老爷就肯将小姐许他？”江信便将双公子少年多才，是小时就继名与老爷为子的，又细细说了一番，他是姊（兄）妹成亲的了。袁空听了，心下冷了一半。坐不得一会，还了酒钱起身。江信道：“今日相扰，改日我做东吧。”

袁空别过，一路寻思道：“我在公子面前，夸了许多嘴，只说江阁老是推辞说谎，谁知果有了女婿。我如今怎好去见公子！倘或发作起来，说我无用，就要将银子退还他了。”遂一路闷闷不快，只得先到家中。妻子穆氏与女儿接着，穆氏问道：“你去江阁老家做媒，事情如何了?”袁空只是摇头，细细说了一遍，道：“我如今不便就去回复公子，且躲两日，打点些说话，再去见他方好。”

这一夜，袁空同着妻子睡到半夜，因想着这件事，便翻来覆去，因对穆氏说道：“我如今现拿着白晃晃的一个元宝，在家放着，如今怎舍得轻轻送出?我如今只得要如此如此，这般这般，倒也是件奇事。况众帮闲俱是得过银子的，自然要出力帮我，你道如何?”穆氏听了，也自欢喜道：“只要做得隐秀，也是妙事。”

袁空再三忖度，见天色已明，随即起来，吃些点心出门。寻见这几个分过银子的帮闲，细细说知道：“江家事万万难成，今日只得要将原银退还公子了。”众人见说，俱哑口不言。袁空道：“你们不言不语，想是前日的银子用去了么?”众人只得说道：“不瞒袁兄说，我们的事，你俱晓得的。又不会营运，无非日日只靠着公子，赚些落些，回去养妻子。前日这些，拿到家中，不是籴米，就是讨当，并还店账去了。你如今来要，一时如何有得拿出来?”

袁空听了着急道：“怎么你们这样穷?一个银子到手，就完得这样快！我的尚原封不动在那里。如今叫我怎样去回公子?倘然公子追起原银，岂不带累我受气！受气还是小事，难道你们又赖得他的?只怕明日送官送府追比，事也是有的。你们前日不听见公子说的，逆他者分文不与。我若今日做成了这亲事，再要他拿出几个来，他也是欢喜的。如今叫我怎么好?”

众人俱不做声，只有一个说道："这宗银子，公子便杀我们，也无用，只好寻别件事补他罢了。再不然，我们众人，轮流打听，有好的来说，难道只有江小姐，是公子中意的?"袁空道："你们也不晓得公子的心事。我前日在他面前说得十分美貌，故他专心要娶，别人决不中意。我如今细想了一个妙法，唯有将计就计，瞒他方妙。只要你们大家尽心尽力，若是做成，不但前银不还，后来还要受用不了，还可分些你们用用。你们可肯么?"

众人听了大喜道："此乃绝美之事，不还前银，且得后利，何乐而不为？你有甚妙法，快些说来，好去行事。"袁空道："江家亲事，再不必提了。况且他是个相府堂堂阁老，我与你一介之人，岂可近得正人君子？只好在这些豪华公子处，胁肩献笑，甘作下流，鬼混而已。如今小姐已被双星聘去，万无换回之处。若要一径对公子说去，不但追银，还讨得许多不快活。将来你我的衣食饭碗，还要弄脱。如今唯有瞒他一法，骗他一场，落些银子，大家去快活罢了。"

众人道："若是瞒得他过，骗得他倒，可知好哩。但那里去寻这江小姐嫁他?"袁空道："我如今若在婊子中捡选美貌，假充江小姐嫁去成亲，后来毕竟不妥。况且不是原物，就要被他看破。若是弄了他聘礼，瞒着人悄悄买个女子，充着嫁去，自然一时难辨真假，到也罢了。只是这一宗富贵，白白总承了别人，甚是可惜。我想起来，不知你们那家，有令爱的，假充嫁去，岂不神不知鬼不觉的一件妙事。"

众人听了道："计策虽好，只是我们的女儿，大的大，小的小，就是不大不小，也是拿不出的人物，怎好假充？这个富贵，只好让别人罢了。”袁空道：“这就可惜了。”内中一个说道：“我们虽然没有，袁兄你是有的，何不就借重令爱吧。”袁空道：“我这女儿，虽然有三分颜色，今年十七岁了，我一向要替他寻个好丈夫，养我过日子的。我如今也只得没奈何，要行此计了。”

众人见袁空肯将女儿去搪塞赫公子，俱欢喜道：“若得令爱嫁了他，我们后来走动，也有内助之人了。只不知明日怎样个嫁法，也要他看不破方好。”袁空道：“如今这件事，我因你们银子俱花费了，叫我一时没法，故行此苦肉计。如今我去见公子，只说是江阁老应承，你们在公子面前，多索聘金，我也不愿多得，也照前日均分，大家得些何如？”

众人听了，俱大喜道：“若是如此，袁兄是扶持我们赚钱了。”袁空道：“一个弟兄相与，那里论得。”众人又问道：“日后嫁娶，又如何计较？”袁空道：“我如今也打点在此。”因附耳说道：“以后只消如此这般。”众人听了大喜。袁空别过，自去见赫公子。只因这一去，有分教：

假假承当，真真错认。

不知后事如何，且听下回分解。

第　九　回

巧帮闲惯弄假藏底脚贫女穴中　瞎公子错认真饱老拳丈人峰下

词云：

桃花招，杏花邀，折得来时是柳条。任他骄，让他刁，暗引明桃，淫魂早已消。有名有姓何曾冒，无形无影谁知道。既相嘲，肯相饶，说出根苗，先经这一遭。

——右调《梅花引》

话说袁空，要将女儿哄骗赫公子，只得走回家商量。原来袁空的这个女儿，叫做爱姐，倒也还生得唇红齿白，乌头黑鬓，且伶牙俐齿，今年十七岁了。因袁空见儿子尚小，要招个女婿在家养老。一时不凑巧，故尚没人来定。这爱姐既已长大，自知趣味，见父母只管耽搁他，也就不耐烦，时常在母亲面前使性儿淘气。这日袁空回来，见了这锭元宝，一时不舍得退还，就想出这个妙法来抵搪。这个穆氏又是个没主意之人，听见说要嫁与公子，想着有了这个好女婿，自然不穷了。就欢欢喜喜，并不拦阻，只愿早些成事。

袁空见家中议妥，遂将这些说话，笼络了众人。又见众人俱心悦诚服，依他调度行事，便满心快活，来见公子，笑嘻嘻的说道："我就说莫知府的说话，是个两面光鲜，不断祸福，得了人身就走的主儿。不亏我有先见之明，岂不将一段良缘当面错过。”

赫公子听了大喜，连忙问道：“江小姐亲事，端得如何？你惯会刁难人，不肯一时说出，竟不晓得我望得饿眼将穿，你须快些说来为妙。”袁空笑说道：“公子怎这样性急，一桩婚姻大事，也要等我慢慢的说来。我前日一到了江家，先在门上用了使费，方才通报。老太师见我是公子遣来，便不好轻我，连忙出来接见。我一见时，先将公子门第人物，赞扬了一番，然后说出公子求婚，如何至诚，如何思慕。江太师见我说话切当入情，方笑说道：‘前日莫知府来说，只不过泛泛相求，故此未允。今你既系陈公子之贤，我心已喜。但小女娇娃，得与公子缔结丝萝，不独老夫有幸，实小女之福也。’我见他应允，因再三致谢。又蒙老太师留我数日，临行，付我庚帖，又嘱我再三致意公子。”连忙在袖中取出庚帖。公子看见大喜道：“我说江老伯是仕路之人，岂不愿结于我。也亏你说话伶俐，是我的大功臣了。”

这几个帮闲在旁，同声交赞说：“袁空真是有功。”袁空道：“小姐庚帖已来，公子也要卜一卜，方好定行止。”公子笑道：“从来不疑，何卜？这段姻缘是我心爱之人，只须择日行聘过去，娶来就是了。”忙取历日一看道：“七月初二好日行聘，八月初三良辰结亲。”袁空依允别去了。

过了两日，就约了众帮闲商量道：“不料公子这般性急，如今日子已近，我已寻了一个好所在，明日好嫁娶。你们须先去替我收拾，我好搬来。”众人问道：“在那里？”袁空道：“在绍兴府城南，云门山那里，是王御史的空花园，与江阁老家，只离得二十多里。管园的与我相好，我已对他说明，是我嫁女儿。在赫家面前，只说江老爷爱静，同夫人小姐在园中避暑，就在此嫁娶。”众人听了大喜，连忙料理去了。

袁空又隔了两日，果然将妻子女儿，移在园中住下。自己又来分派主张行礼，真是有银钱做事，顷刻而成。众帮闲在公子面前，撺掇礼物，必要从厚，公子又不惜银钱，只要好看。果然聘礼千金，彩缎百端，花红羊酒糕果之类，真是件件齐整。因是路远，先一日下船，连夜而行。众帮闲俱在船中饮酒作乐。将到天明，远远一只小船摇来。到了大船边，却是袁空。连忙上了大船，进舱对众家人们说道：“幸而我先去说声，如今江老爷不在家中，已同夫人小姐，俱在云门山园中避暑静养。你们如今只往前面小河进去，我先去报他们知道。”又如飞去了。袁空到了园中，久已准备了许多酒席，又雇了许多乡人伺候。

不一时，一只大座船，吹吹打打，拢近岸来。赫家家人将这些礼物搬进厅堂，袁空叫这些乡人逐件搬了进去，与穆氏收拾。袁空就对赫家家人说道：“老太师爷微抱小恙，不便出来看聘了。”于是大吹大擂，管待众帮闲及赫家家人，十分丰盛，俱吃得尽欢。袁空又叫乡人在内搬出许多回聘，交与来人，然后上船而去，正是：

野花强窃麝兰香，村女乔施美女装。

虽然两般同一样，其中只觉有商量。

赫公子等家人回来，看见许多回聘，满心快活，眼巴巴只等与小姐做亲不提。

却说袁爱姐，见父母搬入园中，忽又是许多人服侍起来，又忽见人家送进许多礼物，俱是赤金白银，钗环首饰，又有黄豆大的粗珠子，心中甚是贪爱。又见母亲手忙足乱的收藏，正不知是何缘故。忙了一日，到了夜间，袁空关好了房门，方悄悄对女儿爱姐说道："今日我为父的费了无限心机，方将你配了天下第一个富豪公子。"遂将始末缘由，细细告知女儿。又说道："你如今须学些大人家的规模，明日嫁去，不可被他看轻，是你一生的受用。况且这公子，是女色上极重的，你只是样样顺他，奉承他，等他欢喜了，然后慢慢要他伏小。那时就晓得是假的。他也变不过脸来了。如今有了这些缎匹金银，你要做的，只管趁心做去。"

这爱姐忽听见将他配了赫公子，今日这些礼物，都是他的，就喜得眉欢眼笑起来。便去开箱倒笼，将这些从来不曾看见过的绫罗缎匹，首饰金银，细细看。想道："这颜色要做什么衣服，那金子要打造甚时样首饰。"盘算了一夜，何曾合眼。过了一两日，袁空果然将些银两，分散与众帮闲，各人俱感激他。袁空见日子已近，就去叫了几个裁缝，连夜做衣，又去打些首饰，就讨了四个丫环，又托人置办了许多嫁妆，一应完备。

不知不觉，早又是八月初二。赫公子叫众帮闲到江家来娶亲。众帮闲带领仆从，并娶亲人役，又到了云门山花园门首。一时间，流星火炮，吹吹打打，好不热闹。穆氏已将爱姐开面修眉，打扮起来，一时间就好看了许多。袁空与穆氏又传多秘诀。四个丫环簇拥出堂前，上了大轿，又扶入船中。袁空随众帮闲，上了小船而来。到了初三黄昏左侧，尚未到赫家河下，赫公子早

领了乐人傧相，在那里吹打，放火炮，闹轰轰迎接。

袁空忙先去对公子说知："江太师爷喜静不耐繁杂，故此不来送嫁。改日过门相见，一应事情，俱托我料理。如今新人已到，请公子迎接。"赫公子忙叫乐人傧相，俱到大船边，迎请新人上轿。竟抬到厅前，再三喝礼，轿中请出新人，新郎新妇同着拜了天地，又拜见了夫人，又行完了许多的礼数，然后双双拥入洞房，揭去盖头。

赫公子见江小姐打扮得花一团，锦一簇，忙在灯下偷看。见小姐虽无秀媚可餐，却丰肥壮实，大有福相。暗想道："宰相女儿自然不同。"便满心欢喜，同饮过合卺之后，就连忙遣开侍女，亲自与小姐脱衣除髻。爱姐也正在可受之年，只略做些娇羞，便不十分推辞，任凭公子搂抱登床。公子是个惯家，按摩中窍，而爱姐惊惊喜喜婉转娇啼，默然承受。赫公子见小姐苦不能容，也就轻怜爱惜，乐事一完，两人怡然而寝。正是：

看明妓女名先贱，认做私窠品便低。

今日娶来台鼎女，自然娇美与山齐。

到了次日，新郎新妇拜庙，又拜了夫人。许多亲戚庆贺，终日请人吃酒。公子日在酒色之乡，那里来管小姐有才无才。这袁爱姐又得了父母心传，将公子拿倒，言听计从，无不顺从。外面有甚女家的礼数，袁空自去一一料理。及至赫公子问着江家些事情，又有众帮闲插科打诨，弥缝过去了，故此月余并无破绽看出。袁空暗想道："我女儿今既与他做了贴肉夫妻，再过些时，就有差池，也不怕了。"

忽一日赫公子在家坐久，要出去打猎散心取乐，早吩咐家人准备马匹。公子上马，家人们俱架鹰牵犬，一起出门。只有两个帮闲，晓得公子出猎，也跟了来。一行人众，只拣有鸟兽出入的所在，便一路搜寻。一日到了余姚地方，有一座四明山，赫公子见这山高，树木稠密，就叫家人排下围场，大家搜寻野兽。忽见跳出一个青獐，公子连忙拈弓搭箭，早射中了。那獐负箭往对山乱跑，公子不舍，将马一夹，随后赶来。赶了四五里，那獐不知往那里走去。公子独自一人，赶寻不见，却远远见一个大寺门前，站着一簇许多人。公子疑惑是众人捉了他的獐子在内，遂纵马赶来。

忽见一个小沙弥走过，因问道："前面围着这许多人，莫非捉到正是我的獐么?"那小沙弥一时见问，摸不着头路，又听得不十分清白，因模模糊糊答应道："这太师老爷正姓江。"赫公子忽听见说是江太师，心下吃了一惊，遂连忙要将马兜住。怎奈那马走急了，一时收不住，早跑到寺前。已看见一个白须老者，同着几个戴东坡巾的朋友，坐在那里看山水，说闲话，忙勒转马来，再问人时，方知果是他的丈人。

因暗想道："我既马跑到此，这些打围的行径，一定被他看见。他还要笑我新郎不在房中与他小姐作乐，却在此深山中寻野食。但我如今若是不去见他，他又在那里看见了；若是要去见他，又是不曾过门的新女婿。今又这般打扮，怎好相见?"因在马上踌躇了半晌，忽又想道："丑媳妇免不得要见公婆，岂有做亲月余的新女婿，不见丈人之理？今又在此相遇，不去相见，岂不被他笑我是不知礼仪之人，转要怪我了。”遂下了马，将马系在一株树上，把衣服一抖，连忙趋步走到江阁老面前，深深一揖道：“小婿偶猎山中，不知岳父大人在此，有失趋避，望岳父大人恕罪。”

江章正同着人观望山色，忽见这个人走到面前，如此称呼，心中不胜惊怪道：“我与你非亲非故，素无一面，你莫非认错了？”赫公子道：“浙中宰相王侯能有几个，焉有差错？小婿既蒙岳父不弃，结为姻眷，令爱蕊珠小姐，久已百两迎归，洞房花烛，今经弥月。正欲偕令爱小姐归宁，少申感佩之私，不期今日草草在此相遇，殊觉不恭，还望岳父大人恕罪。”又深深一揖，低头拱立。江章听了大怒道：“我看你这个人，声音洪亮，头大面圆，衣裳有缝，行动有影，既非山精水怪，又不是丧心病狂，为何青天白日，捏造此无稽之谈，殊为可恼，又殊为可笑！”

赫公子听了着急道：“明明之事，怎说无稽？令爱蕊珠小姐，现娶在我家，久已恩若漆胶，情同鱼水。今日岳丈为何不认我小婿，莫非以我小婿打猎，行藏不甚美观，故装腔不认么？”

江章听了，越发大怒道：“无端狂畜，怎敢戏辱朝廷大臣！我小女正金屋藏娇，岂肯轻事庸人，你怎敢诬言厮认，玷污清名，真乃无法无天，自寻死路之人也！”因挥众家人道：“可快快拿住这个油嘴光棍，送官究治！”众家人听见这人大言不惭，将小姐说得狼狼藉藉，尽皆怒目狰狞，欲要动手挥拳，只碍着江章有休休容人之量，不曾开口，大家只得忍耐。今见江章动怒叫拿，便一时十数个家人，一起拥来，且不拿住，先用拳打脚踢，如雨点的打来。

赫公子正打帐辩明，要江阁老相认，忽见管家赶来行凶，他便心中大怒道："你这些该死的奴才，一个姑爷，都不认了，我回去对小姐说了，着实处你们这些放肆大胆的奴才！"

众人见骂，越发大怒骂道："你这该死的虾蟆，怎敢妄想天鹅肉吃！我家小姐，肯嫁你这个丑驴！"遂一起打将上来。原来赫公子曾学习过拳捧，一时被打急了，便丢开架子，东西招架。赫公子虽然会打，怎奈独自一人，打退这个，那个又来。江家人见他手脚来得，一发攥住不放。公子发怒，大嚷大骂道："我一个赫王侯公子，却被你奴才们凌辱！"

众人听见，方知他是个有名的赫痴公子。众人手脚略慢了些，早被赫公子望着空处，一个飞脚，打倒了一个家人，便撺身向外逃走。跑到马前，腾身上马，不顾性命的逃去了。江家人赶来，见他上马，追赶不及，只得回来禀道："原来这人被打急了，方说出是上虞县有名的赫痴公子。"

江章听了含怒道："原来就是这小畜生！"因想道："前日托莫知府求亲，我已回了，怎他今日如此狂妄？"再将他方才这些说话，细细想去，又说得有枝有叶。心中想道："我女孩儿好端端坐在家中，受这畜生在外轻薄造言，殊为可恨！此中必有奇怪不明之事，他方敢如此。"因叫过两个家人来吩咐道："你可到赫家左近，细细打听了回我。"两家人领命去了。

你道江章为何在此，原来这四明山，乃第九洞天，山峰有二百八十二处，内中有芙蓉等峰，皆四面玲珑，供人游玩。故江章

同三四老友来此，今日被赫公子一番吵闹，便无兴赏玩。连夜回家，告知夫人小姐，大家以为笑谈不提。

却说赫家家人在山中打了许多野兽，便撤了围网，只不见了公子。有人看见说道："公子射中了青獐，自己赶过山坡去了。"众家人便一起寻来。才转过山坡，却见公子飞马而来。众家人歇着等候。

不一时马到面前，公子在马上大叫道："快些回去，快些回去!"众家人忙将公子一看，却见公子披头散发，浑身衣服扯碎，众家人见了大惊，齐上前问道："公子同什么人惹气，弄得这般嘴脸回来。"连忙将马头笼住，扶公子下马，忙将带来的衣帽脱换。众家人又问，公子只叫："快些回去，了不得，到家去细说!"众家人俱不知为甚缘故，只得往原路而回。

两个帮闲，一路再三细问，方知公子遇着了江阁老，认做丈人，被江阁老喝令家人凌辱，便吓得哑口无言，不敢再问。就担着一团干系，晓得这件事决裂，又不好私自逃走，只得同着公子一路回家。

公子一到家中，怒气冲冲，竟往小姐房中直走。爱姐见公子进房，连忙笑脸相迎道："公子回来了?"赫公子怒气填胸，睁着两眼直视道："你可是江蕊珠小姐么?你父亲不认我做女婿，说你是假的，将我百般凌辱。你今日是真是假，快还我一个明白，好同你去对证。"说罢怒发如雷。

爱姐听了，方晓得事情已破，今日事到其间，只得要将父母的心诀行了。遂连忙说道："公子差了，我父亲姓袁，你是袁家的女婿，怎么认在江家名下，做女婿起来？你自己错了，受人凌辱，怎么回来拿我出气！”赫公子听了大惊道：“我娶的是江阁老的蕊珠小姐，你怎么姓袁？你且说你的父亲端的叫甚名字？”爱姐道：“我父亲终日在你家走动，难道公子不认得？”

公子听了，越发大惊道：“我家何曾有你父亲往来？不说明，我要气死也！”爱姐笑道：“我父亲就是袁空。是你千求万求，央人说合，我父亲方应允，将我嫁了你，为何今日好端端走来寻事？”

公子听见说是袁空的女儿，就急得暴跳如雷，不胜大怒骂道：“袁空该死的奴才，他是我奴颜婢膝门下的走狗，怎敢将你这贱人，假充了江蕊珠，来骗我千金聘物！我一个王侯公子，怎与你这贱人做夫妻，气死我也！我如今只打死了你这贱人，还消不得我这口恶气！”便不由分说，赶上前，一把揪住衣服，动手就打。

爱姐连忙用手架住，不慌不忙的笑说道：“公子还看往日夫妻情分，不可动粗，伤了恩爱。”公子大怒骂道：“贼泼贱！我一个王侯公子，怎肯被你玷辱！”说罢又是一拳打来，爱姐又拦住了，又笑说道：“公子不可如此，我虽然贫贱，是你娶我来的，不是我无耻勾引搭识，私进你门。况且花烛成亲，拜堂见婆，亲朋庆贺，一瓜一葛，同偕到老的夫妻，你还该忍耐三分。”

赫公子那里听他说话，只叫打死他，连忙又是一拳打来，又被爱姐接住道：“一个人身总是父母怀胎生长，无分好丑。况且丑妇家中宝，你看我比江小姐差了那一件儿？我今五官俱足，眉目皆全，虽无窈窕轻盈，却也有红有白。况江小姐是深闺娇养，未必如我知疼着热，公子万不可任性欺人。从来说赶人不可赶上，我与你既做了被窝中恩爱夫妻，就论不得孰贵孰贱，谁弱谁强。你今不把我看承，无情无义，我已让过你三拳，公子若不改念，我也只得要犯分了！”

公子听罢，越发大怒，骂道：“你这贱人，敢打我么？气死我也！”又是兜心一拳打来，早被爱姐一把接住，往下一撴，下面又将小脚一勾，公子不曾防备，早一跤跌在地板上。只因这一跌，有分教：

骂出恩情，打成相识。

不知后事如何，且听下回分解。

第　十　回

欲则不刚假狐媚明制登徒　狭难回避借虎势暗倾西子

词云：

探香有鼻，寻芳有眼，方不将花错认。若教默默与昏昏，鲜不堕锦茵于溷。触他抱恨，忤他生忿，一隙谗言轻进。霎时急雨猛风吹，早狼藉落红阵。

——右调《鹊桥仙》

话说爱姐与公子厮闹，因一脚将公子勾倒，就趁势骑在公子身上，按住不放，也不打他，竟伏压着不放。公子被他压着，只是叹气。你道这赫公子，是积年在外跑马射箭，弄拳扯腿之人，前日被江家人围住打他，尚被他打了出来，怎今日被爱姐一个女人，竟轻轻跌倒，就容他骑在身上，不能施展？大凡人着了真气恼，则力被气夺，就不能为我而用。今赫公子受了无数恶气，又听见说出是袁空的女儿，一时气昏，手足俱已气软，口里虽然嚷骂行凶，又见爱姐说出夫妻恩爱，就不比得与他人性命相搏了，竟随手跌倒。又被爱姐将兰麝香暗暗把裙裤都熏透，赫公子伏在爱姐身子底下，早一阵阵触到鼻中来，引得满本酥麻，到觉得有趣，好看起来，故让他压着，竟闭目昏迷，寂然不动了。

你道爱姐这个跌法，是那个教的？就是父亲袁空，晓得后来

毕竟夫妻吵闹，故教了他做个降龙伏虎的护身符。爱姐身子长大，只压得公子动也动不得。房中几个丫环，忽见公子与主母吵闹，也只说是取笑，不期后来认真，上手交拳，在地上并叠做一块，又不敢上前劝解，一时慌了手脚，连忙跑进去告知赫夫人道："公子在房中如此如此。"

赫夫人听了大惊，连忙带了许多侍女仆妇，齐到公子房中，见他二人滚在地下，抱紧不放。爱姐看见夫人走来，连忙大哭道："婆婆夫人，快来救我！"夫人连忙上前说道："你们小男小妇，做亲得几时，怎就如此无理起来，孩儿还不放手！"

公子忽见母亲走到面前，便连忙放手，推开立起。爱姐得放，扯着赫夫人崩天倒地的大哭道："我生是赫家人，死是赫家鬼，怎今日好端端来家，将媳妇这般毒打！若不是夫人婆婆早来，媳妇的性命，被他打杀了。"说罢大哭。赫夫人道："小姐，你不要与他一般见识。明日你父母闻知，像什么模样！"又说："我做婆婆的，没家教了，小姐不要着恼，待我教训他便了。"

赫公子听了，便大嚷起来道："他是什么小姐！他是假货，他是贱货，那里是江家小姐！母亲趁早与孩儿做主，赶他出去！"赫夫人听见说不是江小姐，也就吃了一惊，连忙问道："媳妇为何不姓江？可为我细说。"

赫公子正要将打猎遇着江阁老之事，说与母亲知道，爱姐早隔开了公子，扯着赫夫人大哭道："婆婆夫人，冤屈杀人！媳妇本自姓袁，那个说是江小姐？江小姐住的是笔花墅，媳妇借住的是云门山王御史的花园，两下相隔着二十余里。你来娶时，灯火鼓乐，约有数百余人。既是要娶江小姐，难道就没一个人认得江阁老家住在那里，为何一只船，直撑到云门山来，花一团，锦一簇，迎我上轿？若不是预先讲明了娶我，我一个贫家女儿，怎敢轻易走到你王侯家做媳妇？就是当日被人哄瞒了，难道娶我进门之后，也不盘问一声你是姓江姓袁？为何今日花烛已结了，庙已见了，婆婆夫人已待我做媳妇，家中大小已认我为主母，就是薄幸狠心，已恩恩爱爱过了月余，名分俱已定了，今不知听了什么谗言，突然嫌起媳妇丑来；恨起媳妇贫贱来，要打杀媳妇，岂非冤屈！我媳妇虽然丑陋贫贱，却是明媒正娶而来，又不是私通苟合，虽不敢称三从四德，却也并不犯七出之条。怎么轻易说个打死，你须想一想，我袁氏如今已不是贫女，已随夫而贵，做了赫王侯家的原配冢妇了。你若真真打死我，只怕就有两衙门官，参你偿我之命了！”说罢大哭。

赫夫人听了，方晓得是袁空掉绵包，指鹿为马。心中虽然不悦，却见媳妇说的这一番话，甚是有理，又甚中听，又婆婆夫人叫不绝口。因想了一想，忽回嗔变喜，对公子说道：“人家夫妇皆是前生修结而成，非同容易。今他与你既做夫妻，也自然是前世有缘。不然，他一个穷父母的女儿，怎嫁得到我公侯之家做媳妇？虽借人力之巧，其中实有天意存焉。从来说丑丑做夫人，况他面貌，也还不算做丑陋，做人倒也贤惠。这是他父亲做的事，与他有甚相干？孩儿以后不可欺他。”

爱姐见夫人为他调停，连忙拭泪上前跪下道：“不孝媳妇，带累婆婆夫人受气。今又解纷，使归和好，其恩莫大，容媳妇拜

谢！”连忙拜了三拜。赫夫人大喜，连忙扶了起来道：“难得你这样孝顺小心，可爱可敬。”因对公子说道：“他这般孝顺于我，你还不遵母命快些过来相见！”

此时赫公子被爱姐这一番压法，已压得骨软筋麻，况本心原有三分爱他，今见母亲赞他许多好处，再暗暗看他这番哭泣之态，只觉得堪爱堪怜，只不好就倒旗杆，上前叫他。忽听得母亲叫他相见，便连忙走来，立在母亲身边，赫夫人忙将二人衣袖扯着道：“你二人快些见礼，以后再不可孩子气了。”赫公子便对着爱姐，作了一个揖道：“母亲之命，孩儿不敢推却。”爱姐也忙敛袖殷勤，含笑回礼，二人依旧欢然。赫夫人见他二人和合，便自出房去了。赫公子久已动了虚火，巴不得要和合一番，一到夜间，就搂着爱姐，上床和事去了。正是：

秃帚须随破巴斗，青蝇宜配紫虾蟆。

一打打成相识后，方知紧对不曾差。

这一夜，爱姐一阵风情，早把赫公子弄得舒心舒意，紧缚牢拴，再不敢言语了。到了次早，赫公子起来，出了房门，着人去寻袁空来说话。不期袁空早有帮闲先漏风声与他，早连夜躲出门去了。及赫家家人来问时，穆氏在内，早回说道：“三日前，已往杭州望亲戚去了。”家人只得回复公子，公子也不追问。

过了些时，袁空打听得女儿与公子相好，依旧来见公子，再三请罪道：“我只因见公子着急娶亲，江阁老又再三不肯，心中看不过意，故没奈何行了个出妻献子，以应公子之急。公子也不要恼我，岂不闻将酒功人终无恶意。”公子道：“虽是好意，还该直说，何必行此诡计？如今总看令爱面上，不必提了。只是我可恨那江老，将我辱骂，此恨未消。今欲写字与家父，在京中寻他些事端，叫人参他一本，你道如何?”袁空道：“他是告假休养的大臣，为人谨慎，又无甚过犯，同官俱尊重他的，怎好一时轻易处得？若惊动尊翁以后辩明，追究起来，还不是他无故而辱公子。依小弟看来，只打听他有甚事情，算计他一番为妙。”公子道：“有理，有理。”且不说他二人怀恨不提。

却说那日江家两个家人，一路远远的跟着赫公子来家，就在左右住下。将赫公子家中吵闹，袁空假了小姐之名，嫁了女儿，故此前日山前相认，打听得明明白白。遂连夜赶回，报知老爷。江章听了，又笑又恼。正欲差人着府县官去拿袁空治罪，蕊珠小姐听了，连忙劝止道：“袁空借影指名，虽然可恨，然不过自家出丑，却无伤于我。今处其人，赫公子未必不寻人两解。此不过小人无耻，何堪较量，望父亲置之不问为高也。”江章听了半晌，一时怒气全消，说道：“孩儿之言，大有远见，以后不必问了。”于是小姐欢欢喜喜，在拂云楼日望双星早来不提。

却说双星在路紧走，直走到七月中，方得到家。拜见了母亲，兄弟双辰，也来见了。遂将别后事情，细细说了一番道：“孩儿出门，原是奉母命去寻访媳妇，今幸江老伯将蕊珠小姐许与孩儿为妇，只待孩儿秋闱侥幸，即去就亲，幸不辱母亲之命。”说罢，就将带来江夫人送母亲的礼物，逐件取出呈上。双夫人看了道：“难得他夫妻这般好意待你，只是媳妇定得太远了些。但是你既中意，也说不得远近了。且看你场事如何，再作商量。”

双星见场中也近，遂静养了数日，然后入场。题日到手，有如长江大河，一泻千里。双星出场，甚觉得意。三场毕，主试看了双星文字，大加赞赏道："此文深得吴越风气，非此地所有。"到填榜时，竟将双星填中了解元。不一时报到，双家母子大喜，连忙打发报人。双星谒拜过主考房师，便要来与江蕊珠成亲，双夫人不肯道："功名大事，乘时而进，岂可为姻事停留。况江小姐之约，有待而成。孩儿还是会试过成亲，更觉好看。"双星便不敢再言。

因见进京路远，不敢在家耽搁，遂写了一封家书，原着野鹤，到浙江江家去报喜。又写了一封私书，吩咐野鹤道："此书你可悄悄付与彩云姐，烦他致意小姐，万不可使人看见，小心在意。"野鹤自起身去了。双星遂同众举人，连夜起身去会试不提。

却说这年是东宫太子十月大婚，圣旨传出，要点选两浙民间女子二十上下者，进宫听选。遂差了数员太监，到各地方去捡选。这数员太监，奉了圣旨，遂会齐在一处商议道："这件事，不可张扬。若民间晓得，将好女子隐匿藏开，或是乱嫁，故此往年选来的俱是平常，难中皇爷龙目。我们如今却悄悄出了都门，到了各府县地方，着在他身上，挨查送选。民间不做准备，便捡好的选来。倘蒙皇爷日后宠幸，也是我们一场大功。"众太监听了大喜，遂拈阄派定，悄悄出京，连夜往江南两浙而来。

单说浙省的太监，姓姚，名尹，是个司礼太监，最有权势，朝中大小官员，俱尊敬他。忽一日到了浙江，歇在北新关上，方着人报知钱塘、仁和两县。两县见报大惊，连忙着人，飞报各上司，即着人收拾公馆，自己打轿到船迎接。姚太监到了公馆，不一时大小官员俱来相见。

姚太监方说是奉密旨，点选幼女入宫。“因恐民间隐匿，无奇色女子出献，故本监悄悄而来。今着全省府州县官，不论乡绅士庶，不论城郭居民，凡有女子之家，俱报名府县，汇名造册，送至本监，以定去留。若府州县官，有奇色女子多者，论功升赏。如数少将丑陋抵塞者，以违旨论罪。尔等各官，须小心在意。”众官领命回衙，连夜做就文书，差人传报一省十二府七十五县去了。

不一日报到绍兴府中，莫知府见奉密旨，即悄悄报知各县，莫知府随着地方总甲，各乡各保，以及媒婆卖婆，去家家挨查，户户搜寻。不一时闹动了城里城外，有女儿之家，闻了此信，俱惊得半死。也不论男女好丑，不问年纪多寡，只要将女儿嫁了出去，便是万幸。再过了两日，连路上走过的标致学生，也不问他有妻无妻，竟扯到家中就将女儿配他了。

早有袁空晓得此信，便来对赫公子说道：“外面奉旨点选幼女，甚是厉害。公子所恨之人，何不如此如此，也是一件妙事。”

赫公子听了，大喜道：“你说得大通，不可迟了。”随即来见莫知府说道：“姚公奉旨来选美女，侍御东宫，此乃朝廷大事，隐讳不得。治生久知江鉴湖令爱蕊珠小姐，国色无双，足堪上宠。老公祖何不指名开报，倘蒙上幸，老公祖大人，亦有荣宠之加矣。”莫知府道：“本府闻知江太师贤淑，已赘双不夜久矣。开报之事，实为不便。”赫公子笑道：“此言无非为小弟前日求亲起

见，不愿朱陈，故设词推托。今其人尚在，而老公祖怎也为他推辞，莫非要奉承他是阁臣，而违背圣旨？况且有美于斯，舍之不报，而徒事嫫母东施，以塞责上官，深为不便。明日治生晋谒姚公，少不得一一报知，谅老公祖亦不能徇情也。”遂将手一拱，悻悻而去。

莫知府听了赫公子这一番公报私仇之言，正欲回答，不期他竟不别而去。莫知府想了半日，竟没有主意。因想道：“我若依他举事，江太师面上，太觉没情。况且他又已许人，岂有拆人姻缘之理？若不依他，他又倚势欺人，定然报出，却如之奈何？”因想道：“我有主意，不如悄悄通知江相，使他隐藏，或是觅婿早嫁罢了。”随叫一个的当管家，吩咐道：“我不便修书，你可去拜上江太师爷，这般这般，事不可迟。”家人忙到江家去了。

却说赫公子见莫知府推辞，不胜恼恨，遂备了一副厚礼，连夜来见姚太监，送上礼物。姚太监见了，甚是欢喜道：“俺受此苦差，一些人事，没曾带来，怎劳公子这般见爱？若不全收，又说我们内官家任性了。”赫公子道：“如此，足见公公直截。”

二人茶过，赫公子一恭道：“晚生有一事请教公公，今来点选幼女，还是出之朝廷，还是别有属意么？”姚太监笑道：“公子怎么说出这样话来，一个煌煌天语，赫赫纶音，谁敢假借？”赫公子又一恭道：“奉旨选择幼女，还是实求美色，还是虚应故事？”

姚太监听了大笑道：“公子正在少年，怎知帝王家的受用？今日所选之女进宫，俱要千中选百，百中选十，十中选一。上等者送入三十六宫，中等者分居七十二院，以下三千粉黛。八百娇娥，都是世上无双，人间绝色。如有一个遭皇爷宠幸，赐称贵人，另居别院，则选择之人，俱有升赏。今我来此，实指望有几个美人，中得皇爷之意，异日富贵非小。”赫公子道：“既是如此，为何晚生所闻所见，而又最著美名于敝府敝县者，今府县竟不选进，以负公公之望，而但以丑陋进陈，何也？”

姚太监听了大惊道：“那有此理！我已传下圣旨，着府县严查。府县官能有多大力量，怎敢大胆隐蔽？若果如此，待我重处几个，他自然害怕。但不知公子所说的这个美人，是何姓名，又是什么人家，我好着府县官送来。”赫公子道：“老公公若只凭府县在民间搜求，虽有求美之心，而美人终不易得也。”

姚太监忙问道：“这是为何？”赫公子道：“公公试想，龙有龙种，凤有凤胎。如今市井民间，村姑愚妇，所生者不过闲花野草，即有一二红颜，止可称民间之美，那里得能有天姿国色，入得九重之目？晚生想古所称沉鱼落雁，闭月羞花，皆是禀父母先天之灵秀而成，故绝色佳人，往往多出于名公钜卿阀阅之家。今这些大贵之家女儿，深藏金屋，秘隐琼闺，或仗祖父高官，或倚当朝现任，视客官为等闲，待府县如奴隶，则府县焉敢具名称报？府县既不敢称报，则客官何由得知？故圣旨虽然煌煌，不过一张故纸，老公公纵是尊严，亦不能察其隐微。晚生忝在爱下，故不得不言。”

姚太监听了，不胜起敬道：“原来公子大有高见，不然，我几乎被众官朦胧了。只是方才公子所说这个美人，望乞教明，以便追取。”赫公子道：“晚生实不敢说，只是念公公为朝廷出力求

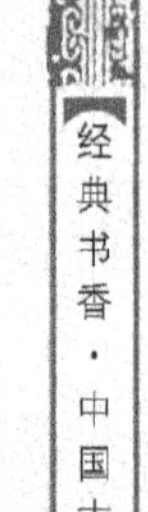

贤，又不敢不荐贤为国。晚生所说的美女，是江鉴湖阁下所出，真才过道韫，色胜王嫱，若得此女入宫，必邀圣宠。公公富贵，皆出此人。只不知公公可能有力，而得此女否？”

姚太监笑道：“公子休得小觑于我，我在朝廷，也略略专些国柄，也略略作得些祸福，江鉴湖岂敢违旨逆我？我如今，只坐名选中，不怕他推辞。”赫公子又附耳说道：“公公坐名选中，也必须如此这般，方使他不敢措手。”姚太监听了大喜。赫公子又坐了半晌，方才别过。正是：

谗口将人害，须求利自身。

害人不利己，何苦害于人。

却说莫知府的管家，领了书信，悄悄走到江家门首，对管门的说道：“我是府里莫老爷差来，有紧急事情，要面见太师爷的。可速速通报！”管门人不敢停留，只得报知。江章听了，正不知是何缘故，只得说道：“着他进来。”

莫家人进来跪说道：“小人是莫太爷家家人，家老爷吩咐小人道，只因前日误信了赫公子说媒，甚是得罪。不期新奉密旨，点选幼女入宫，已差太监姚尹，坐住着府县官，挨户稽查，不许民间嫁娶。昨日赫公子来见家老爷，意要家老爷将太师老爷家小姐开名送选。家老爷回说，小姐已经有聘，不便开名。赫公子大怒，说家老爷违背朝廷，徇私附党。他连夜到姚太监处去报了。家老爷说赫公子既怀恶念害人，此去必无好意。况这个姚内官，是有名的姚疯子，不肯为情。故家老爷特差小人通知老爷，早作准备。”

江章听了这些言语，早吃了一惊，口中不说，心内着实踌躇。因想道："我一个太师之女，也不好竟自选去，又已经许人，况且姚尹，昔日在京，亦有往来，未必便听赫公子的仇口。"因对莫家人说道："多承你家老爷念我，容日面谢吧。"就叫人留他酒饭。

尚未出门，又有家人进来报道："姚太监赍了圣旨，已到府中，要到我家，先着人通报老爷，准备迎接。"江章听了吓得手足无措，只得叫人忙排香案，打扫厅堂，迎接圣旨。随即穿了朝衣大帽，带了跟随，起身一路迎接上来。只因这一接见姚太监，有分教：

幽闲贞静，变做颠沛流离。

不知蕊珠小姐果被他选去否，且听下回分解。

第 十 一 回

姚太监当权唯使势凶且益凶　江小姐至死不忘亲托而又托

词云：

炎炎使势心虽快，不念当之多受害。若非时否去生灾，应是民穷来讨债。可怜有女横双黛，一旦驱之如草芥。悉来谁望此身存，却喜芳名留得在。

——右调《玉楼春》

却说江章，见报姚太监已赍着圣旨而来，只得穿起大服，一路迎接。直迎接了四五里，方才接着。江章见了姚太监，连忙深深打恭道："不知圣旨下颁，上公远来，迎接不周，望乞恕罪。"姚太监骑在马上，拱手道："皇命在身，不能施礼，到府相见罢了。"

江章果见他在马上，捧着圣旨，遂步行同一路到家，请姚太监下马，迎入中厅。姚太监先将圣旨供在中间香案前，叫江章山呼礼拜。拜毕，然后与姚太监施礼。因大厅上供着圣旨，不便行礼，遂请姚太监在旁边花厅而来。江章尊姚太监上座坐，姚太监说道："江老先生恭喜！令爱小姐已为贵人，老先生乃椒房国丈，异日尚图青眼，今日岂敢越礼。"

江章只做不知，说道："老公公乃皇上股肱，学生向日在朝，亦不敢僭越。今日辱临，又何谦也！”姚太监只得坐下。江章忙打一恭道：“学生龙钟衰朽，已蒙皇上推恩，容尽天年。今日不知老公公有何钦命，贲临下邑，乞老公公明教。”姚太监笑道：“老太师尚不知么？日今皇太子大婚在即，皇上着俺数人聘征贵人，学生得与浙地。久有人奏知皇爷，说老太师小姐幽闲贞静，能为庶姓之母，故特命臣到浙，即征聘令爱小姐为青宫娘娘。”

江章听完大惊道：“学生无子，只生此女。葑菲陋质，岂敢蒙圣心眷顾。况小女已经许聘，不日成婚，乞公公垂爱，上达鄙情，学生死不忘恩。”

姚太监听了大笑，说道：“老先生身为大臣，岂不知国典，圣旨安可违乎？况令爱小姐入宫，得侍太子，异日万岁晏驾，太子登基，则令爱为国母，老先生为国丈。此万载难逢，千秋奇遇，求之尚恐不能，谁敢抗违！若说是选择有人，苦苦推辞，难道其人又过于圣上太子么？若以聘定难移，恐伤于义，难道一个天子之尊，太子之贵，制礼之人反为草莽贫贱之礼所制么？老先生何不谅情度世，而轻出此言！若执此言，使朝廷闻之，是老先生不为贵戚贤臣，而反为逆命之乱臣了，学生深不取也。学生忝在爱下，故敢直言。然旨出圣恩，老先生愿与不愿，学生安敢过强，自入京复命矣。乞老先生将此成命，自行奏请定夺何如？”说完，起身径走。

江章听见他说出这些挟制之言来，已是着急，又说到逆命乱臣，一发惊慌，又叫他自回成命，又见姚太监不顾起身，江章只得连忙扯住，凄然说道：“圣旨岂敢抗违不从？学生也要与小女

计较而行。乞老公公从容少待，感德不尽。”姚太监方笑说道：“老太师若是应允，真老太师之福也。”因而坐下。江章道：“学生进去，与小女商量，不得奉陪。”遂起身入内而来。

却说这一日，莫知府家人来报信之后，夫人小姐早已吃惊。不期隔不得一会，早又报说姚太监奉了圣旨，定名来选小姐。江夫人已惊得心碎，小姐也吓得魂飞。母女大哭。然心中还指望父亲，可以挽回。今见父亲接了圣旨，与姚太监相见，小姐忙叫彩云出来打听。彩云伏在厅壁后，细细窃听明白，遂一路哭着进来，见了夫人小姐，只是大哭，说不出话来。小姐忙问道：“老爷与姚太监是如何说了？”

彩云放声大哭道：“小姐，不好了！”遂说老爷如何回他，姚大监怎样发作，勒逼老爷应允。尚未说完，江章早也哭了进来，对小姐说道：“我生你一场，指望送终养老，谁知那天杀的，细细将孩儿容貌报知，今日姚大监口口声声只说皇命聘选入宫，叫我为父的不敢违逆。今生今世，永不能团圆矣！是我误你了！”说罢大哭起来。小姐听了这些光景，已知父亲不能挽回，只吓得三魂渺渺，七魄悠悠，一跤跌倒，哭闷在地。正是：

未遂情人愿，先归地下魂。

江夫人忽见小姐哭闷在地，连忙搀扶，再三叫唤道：“孩儿快苏醒，快苏醒！”叫了半晌，小姐方转过气来，哭道：“生儿不孝，带累父母担忧。今孩儿上无兄姐，下无弟妹，虽不能以大孝事亲，亦可依依膝下，以奉父母之欢。不期奸人构祸，一旦飞灾，此去生死，固曰由天，而茕茕父母，所靠何人？双郎良配，今生已矣。倒不如今日死在父母之前，也免得后来悲思念切!”江夫人大哭说道：“我们命薄，一个女孩儿，不能看他完全婚配。都是你父亲，今日也择婿，明日也选才郎，及至许了双星，却又叫他去求名。今日若在家中，使他配合，也没有这番事了。都是你父亲老不通情，误了你终身之事!”说罢大哭。

江章被夫人埋怨得没法，只得辩说道：“我当初叫他去科举，也只自说婚姻自在，谁知有今日之事？今事忽到此，也是没法。若不依从，恐违圣旨，家门有祸。但愿孩儿此去，倘蒙圣恩，得配青宫，异日相逢，亦不可料。今事已如此，也不必十分埋怨了。”

小姐听了父亲这番说话，又见母亲埋怨父亲，因细细想道：“我如今啼哭，却也无益，徒伤父母之心。我为今之计，唯有生安父母，死报双郎。只得如此而行，庶几忠孝节义可以两全。”主意一定，遂止住了哭，道：“母亲不必哭泣，父亲之言，甚是有理。此皆天缘注定，儿命所招，安可强为？为今之计，父亲出去，可对姚太监说，既奉圣旨，以我为贵人，当以礼迎，不可啰唣。”

江章见小姐顺从，因出来说知。姚太监道：“选中贵人，理宜如此。敢烦老大师，引学生一见，无不尽礼。”江章只得走进与夫人小姐说知。小姐安然装束，侍女跟随，开了中门，竟走出中堂。此时姚太监早已远远看见，再细细近看，果然十分美貌，暗暗称奇。忙上前施礼道：“未侍君王，宜从私礼。”小姐只得福了一福。

姚太监对江章说道："令爱小姐，玉琢天然，金装中节，允合大贵之相。学生出入皇宫，朝夕在粉黛丛中，承迎寓目，屈指者实无一人，令爱小姐足可压倒六宫皆无颜色矣。"忙叫左右，取出带来宫中的装束送上，又将一只金凤衔珠冠儿，与小姐插戴走来。众小内官，随人磕头，称为"娘娘"。小姐受礼完，即回身入内去了。姚太监见小姐天姿国色，果是不凡，又见他慨然应承，受了凤冠，知事已定，甚是欢喜。遂向江太师再三致谢而去。到了馆驿，赫公子早着人打听，见谗计已成，俱各快意。正是：

陷人落阱不心酸，中我机谋更喜欢。

慢道人人皆性善，谁知恶有许多般。

却说蕊珠小姐归到拂云楼上，呆呆思想，欲要大哭一场，又恐怕惊动老年父母伤心。只捱到三更以后，重门俱闭，人皆睡熟，方对着残灯，哀哀痛哭道："江蕊珠，你好命苦耶！你好无缘耶！苍天，苍天，你既是这等命苦，你就不该生到公卿人家来做女儿了；你既是这等无缘，你就不该使我遇见双郎，情投意合，以为夫妇了！今既生我于此，又使我获配双郎如此，乃一旦又生出这样天大的风波来，使我飘流异地，有白发双亲而不能侍养，有多才夫婿而不得团圆，反不如闾阎荆布，转得孝于亲而安于室。如此命苦，还要活他做甚？"说罢，又哭个不了。

彩云因在旁劝慰道："小姐不必过伤，天下事最难测度。小姐一个绝代佳人，双公子一个天生才子，既恰恰相逢，结为夫妇，此中若无天意，决不至此。今忽遭此风波者，所谓好事多磨也。焉知苦尽不复甘来！望小姐耐之。”小姐道：“为人在世，宁可身死，不可负心。我与双郎，既小窗订盟，又蒙父母亲许，则我之身非我之身，双郎之身也。岂可以许人之身，而又希入宫之宠？是负心也。负心而生，何如快心而死！我今强忍而不死者，恐死于家而老父之干系未完而贻祸也。至前途而死，则责已谢，而死得其所矣。你说好事多磨，你说苦尽甘来，皆言生也。今我既已誓死报双郎，既死岂能复生，又有何好事，更烦多磨？此苦已尝不尽，那有甘来？天纵有意，亦无用矣。”说罢，又哀哀哭个不住。

彩云因又劝道：“小姐欲以死报双郎，节烈所关，未尝不是。但据彩云想来，一个人，若是错死了，要他重生起来，便烦难。若是错生了，要寻死路，却是容易。我想小姐此去，事不可知，莫若且保全性命，看看光景，再作区处。倘天缘有在，如御水题红叶故事，重赐出宫，亦或有之。设或万万不能，再死未晚。何必此时忙忙自弃？”小姐道：“我闻妇人之节，不死不烈；节烈之名，不死不香。况今我身，已如风花飞出矣。双郎之盟，已弃如陌路矣。负心尽节，正在此时。若今日可姑待于明日，则焉知明日不又姑待于后日乎？以姑待而贪生借死以误终身，岂我江蕊珠知书识礼，矫矫自持之女子所敢出也？吾意已决，万勿多言，徒乱人心。”

彩云听了，知小姐誓死不回，止不住腮边泪落，也哭将起来，说：“天那，天那！我不信小姐一个具天地之秀气而生的绝代佳人，竟是这等一个结局，殊可痛心！只可惜我彩云丑陋，是

个下人，不能替小姐之行。小姐何不禀知老爷夫人，带了彩云前去，到了急难之时，若有机会可乘，我彩云情愿代小姐一死。”小姐听了，因拭泪说道：“你若果有此好心，到不消代我之死，只消委委曲曲代我之生，我便感激你不尽了。”

彩云听了惊讶道：“小姐既甘心一死，彩云怎么代得小姐之生？”小姐道：“老爷夫人既无子，止生我一女，则我一女，便要承当为子之事。就是我愿嫁双郎，也不是单贪双郎才美，为夫妻之乐，也只为双郎多才多义，明日成名入赘，可以任半子之劳，以完我之孝，此皆就我身生而算也。谁知今日，忽遭此大变。我已决意为双郎死矣。我死，则双郎得意入赘何人？双郎既不入赘，则老年之父母，以谁为半子？父母若无半子，则我虽死于节，而亦失生身之孝矣。生死两无所凭，故哀痛而伤心。你若果有痛我惜我之心，何不竟认做我以赘双郎，而侍奉父母之余年，则我江蕊珠之身，虽骨化形消，不知飘流何所，然我未了之节孝，又借汝而生矣。不知汝可能怜我而成全此志也？”

彩云道：“小姐此言大差矣！我彩云一个下人，只合抱衾裯以从小姐之嫁，怎么敢上配双公子，以当老爷夫人之半子？且莫说老爷夫人不肯收灶下人金屋，只就双公子说起来，他阅人多矣，唯小姐一人，方舒心服意，而定其情，又安肯执不风不流之青衣而系红丝？若论彩云，得借小姐之灵，而侍奉双公子，则此生之遭际也，有何不乐，而烦小姐之叮咛！”小姐道：“不是这等说，只要你真心肯为我续盟尽孝，则老爷夫人处，我自有话说。双郎处，我自写书嘱托他，不要你费心。”说罢夜深，大家倦怠，只得上床就枕。正是：

已作死人算，还为生者谋。

始知真节孝，生死不甘休。

且说姚太监见江蕊珠果美貌非凡，不胜欢喜，遂星夜行文催各州府县，齐集幼女到省，一同启程。因念江章是个太师，也不好十分紧催，使他父子多流连一日，遂宽十日之限，择了十月初二起身到省不提。

却说双星不敢违逆母命，只得同着众举人起身，进京会试。因是路远，不敢耽搁，昼夜兼程，及到京中，已过了灯节。双星寻了僻静寓处，便终日揣摹，到了二月初八入场。真是学无老少，达者为先，到了揭晓，双星又高高中在第六名上，双星不胜欢喜。又到了殿试，天子临轩，见双星一表人材，又看他对策精工，遂将御笔亲点了第一甲第一名状元及第。双星御酒簪花，一时荣耀。照例游街，惊动全城争看状元郎。见他年纪只得二十一二岁，相貌齐整，以为往常的状元，从未见如此少年。

早惊动了一人，是当朝驸马，姓屠，名劳。他有一位若娥小姐，年方十五，未曾字人。今日听见外边人称羡今科双状元，才貌兼全，又且少年，遂打动了他的心事。因想道："我一向要寻佳婿，配我若娥，一时没有机缘。今双状元既少年鼎甲，人物齐整，若招赘此人，岂非是一个佳婿？只不知他可曾有过亲事？"因叫人在外打听，又查他履历，见是不曾填注妻氏姓名，遂不胜大喜道："原来双状元尚无妻室，真吾佳婿也。若不趁早托人议亲，被人占去，岂不当面错过！"遂叫了几个官媒婆来，吩咐道：

"我老爷有一位千金小姐，姿容绝世，德性温闲，今年一十五岁了。只因我老爷门第太高，等闲无人敢来轻议。闻得今科状元双星，少年未娶，我老爷情愿赘他为婿，故此唤你们来，可到状元那里去议亲。事成之日，重重有赏。"众媒婆听见，千欢万喜，磕头答应去了。正是：

有女思佳婿，为媒望允从。

谁知缘不合，对面不相逢。

这几个媒婆不敢怠情，就来到双状元寓中，一起磕头道："状元老爷贺喜！"双星见了，连忙问道："你们是什么人，为何事到我这里来？"众媒婆道："我四人在红粉丛中，专成就良姻；佳人队里，惯和合好事。真是内无怨女，人人夸说是冰人；外无旷夫，个个赞称凭月老。今日奉屠驸马老爷之命，有一位千金小姐，特来与状元老爷结亲，乞求赐允。"双星听罢大笑道："原来是四个媒人。几家门户重重闭，春色缘何得入来！我老爷不嫁不娶，却用你们不着，有劳枉顾。"

众媒婆听了着惊道："驸马爷的小姐，是瑶台阆苑仙姝，状元是天禄石渠贵客，真是一对良缘，人生难遇。状元不必推辞，万祈允诺。"双星笑道："我老爷聘定久矣，不久辞朝婚娶。烦你们去将我老爷之言，致谢驸马老爷，此事决不敢从命。"

众媒婆见他推辞，只得又说道："驸马老爷乃当今金枝玉叶，国戚皇亲。朝中大小官员，无不逊让三分。他今日重状元少年才貌，以千金艳质，情愿到倒赔妆奁，与状元结为夫妇，此不世之遭逢，人生之乐事，状元为何推辞不允？诚恐亲事不成，一来公

主娘娘，入朝见驾，不说状元有妻不娶，只说状元藐视皇亲，倘一时皇爷听信，那时状元虽欲求婚，恐不可得也。还望状元爷三思，允其所请。”双星笑道：“婚姻乃和好之事，有则有，无则无；论不到势利上去，况长安多少豪华少年才俊，何在我一人？愿驸马爷别择良门可也。”

众媒婆见他决不肯统口应承，便不敢多言，只得辞了出来，回复屠驸马。驸马听了道：“他现今履历上，不曾填名，其妻何来？还是你们言无可采，状元故此推托。你们且去，我自有处。”屠劳便终日别寻人议亲不提。

却说姚大监已择定时日，着府县来催江小姐起身。江章夫妻无法，只得与小姐说知。小姐知万不可留，因与父母说道：“死生，命也。贵贱，天也。孩儿此去，听天由命，全不挂念。只有二事索心，死不瞑目，望二大人俯从儿志。”江章夫妻哭着说道：“死别生离，顷刻之事，孩儿有甚心事，怎还隐忍不说，说来便万分委曲，父母亦无不依从。”小姐道：“父母无子，终养俱在孩儿一人。孩儿今日此去，大约凶多吉少，料想见面无期，却叫何人侍奉？况父母年力渐衰，今未免又要思儿成病，孤孤独独，叫孩儿怎不痛心！”

江章听了，愈加哀哭道：“孩儿若要我二人不孤独，除非留住孩儿。然事已至此，纵有拨天大力，亦留你不住。”小姐道：“孩儿之身虽留不住，孩儿之心却不留而自住。”江章道：“我儿心留，固汝之孝，然无形也，叫我那里去捉摸，留与不留何异？”小姐道：“无形固难捉摸，有影或可聊消寂寞。”江章又哭道：

“我儿，你形已去矣，影在那里？”

小姐见父亲问影，方跪下去，被母亲搀起来，说道：“彩云侍孩儿多年，灯前月下，形影不离。名虽婢妾，情同姊妹。孩儿之心，唯他能体贴；孩儿之意，唯他能理会；孩儿之事，唯他能代替。故孩儿竟将孩儿事父母未完之事，托彩云代完。此孩儿眠思梦想，万不得已之苦心也。父母若鉴谅孩儿这片苦心，则望父母勿视彩云为彩云，直视彩云为孩儿，则孩儿之身虽去，而孩儿之心尚留；孩儿之形虽消，而孩儿之影尚在。使父母不得其真，犹存其假，则孩儿受屈衔冤，而亦无怨矣。”

江章与夫人听了，复又呜呜的大哭起来，道：“我儿，你怎么直思量到这个田地！此皆大孝纯孝之所出，我为父母，怎辜负得你！”随遂叫人唤出彩云来，吩咐道：“小姐此去，既以小姐之父母，托为你之父母，则你不是彩云，是小姐也。既是小姐，即是吾女也。快拜我与夫人为父母，不可异心，以辜小姐之托。”彩云忙拜谢道：“彩云下贱，本不当犯分，但值此死生之际，既受小姐之重托，焉敢娇辞以伤小姐之孝心？故直受孩儿之责，望父母恕其狂妄。”江章听了，点头道：“爽快，爽快，果不负孩儿之托。”

小姐见彩云已认为女，心已安了一半，因又说道：“此一事也。孩儿还有一事，要父母屈从。”江章道：“还有何事？”小姐道：“孩儿欲以妹妹代孩儿者，非欲其单代孩儿晨昏之恃寝劝餐也，前双郎临去，已蒙父母为孩儿结秦晋之盟。虽孩儿遭难，生死未知，然以双郎之才，谅富贵可期；以双郎之志诚，必不背盟。明日来时，若竟以孩儿之死为辞，则花谢水流，岂不失父母半子之望？望父母竟以妹妹续孩儿之盟，庶使孩儿身死而不死，盟断而不断，则父母之晚景，不借此稍慰那？”

夫人道：“得能如此，可知是好。但恐元哥注意于你，未必肯移花接木。”小姐道：“但恐双郎不注意于孩儿，若果注意于孩儿，待孩儿留一字，以妹妹相托，恐无不从之理，父母可毋虑也。”父母听了，甚是感激，因一一听从。小姐遂归到拂云楼上，恳恳切切，写了一封书，付与彩云道：“书虽一纸，妹妹须好好收藏，必面付双郎方妙。”彩云一一受命。只因这一受命，有分教：

试出人心，观明世态。

不知后事如何，且听下回分解。

第 十 二 回

有义状元力辞婚挤海外不望生还　无瑕烈女甘尽节赴波中已经死去

词云：

黄金不变，要经烈火方才见。两情既已沾成片。颠沛流离，自受而无怨。一朝选入昭阳殿，承恩岂更思贫贱。谁知白白佳人面。宁化成尘，必不留瑕玷。

——右调《醉落魂》

话说江章与夫人舍不得蕊珠小姐，苦留在家，多住了几日，被府县催逼不过，无可奈何，只得择日起身，同夫人相送，到了杭州省城。此时姚大监已将十二府七十五县的选中幼女，尽行点齐，只等江小姐一到就起身。今见到了，遂将众女子点齐下船。因江章自有坐船相送，故不来查点，遂一路慢慢而来。

话说赫公子同袁空杂在人丛中，看见蕊珠小姐一家人离了岸去，心中十分得意，快活不过。袁空道："公子且慢手舞足蹈，亦要安顿后着。"公子道："今冤家这般清切，更要提防何事？"袁空皱了两眉道："蕊珠小姐此去，若是打落冷宫嫔妃，则此事万不必忧。我适才看见蕊珠宫装，俨似皇后体态，选为正宫，多分有八九分指望。若到了大婚时候，他自然捏情，到万岁台前，奏害我家。况王侯大老爷，又未知这桩事，倘一时之变，如何处之?”

赫公子听了这番话，不觉头上有个雷公打下来一般，心中大惊，跌倒在地。众人忙扶回府中，交女班送进。爱姐忙安顿上床睡觉。这番心事又不敢说破，只郁郁沉在心内。痴公子自从那日受了妻子降魔伏虎钳制，起个惧内之心，再不敢发出无状，朝暮当不得袁氏秘授，父母心传，拿班捉鳖手段，把个痴公子，弄得不顾性命承欢，喉中咳嗽，身体尪羸，不满二载，阎君召回冥途耳。爱姐悔之晚矣，后来受苦不提。

却说驸马屠劳，要招双星为婿，便时刻在心，托人来说。一日央了一个都御史符言做媒。符言受托，只得来拜双星。相见毕，因说道：“久闻状元少年未偶，跨凤无人。小弟受驸马屠公之托，他有位令爱，少年未字，美貌多才，诚乃玉堂金马之配。故小弟特来作伐，欲成两姓之欢，乞状元俯从其请。”

双星忙一拱说道：“学生新进，得蒙屠公垂爱，不胜感激。但缘赋命凉薄，自幼已缔婚于江鉴湖太师之女久矣，因不幸先父早逝，门径荒芜，所以愆期到今，每抱惭谦。今幸寸进，即当陈情归娶。有妨屠驸马之爱，负罪良多，俟容请荆何如?”符言道：“原来状元已聘过江鉴湖老太师令爱矣，但昨日驸马公见状元履历上，并不曾填名江氏，今日忽有此言，小弟自然深信，只恐驸马公谅之未深。一旦移爱结怨，状元也不可不虞。”

双星道：“凡事妄言则有罪，真情则何怨可结?今晚生之婚，江岳明设东床以邀坦腹，小姐正闺中待字以结丝萝，实非无据而妄言也。若虑驸马公威势相加，屈节乱伦以相从，又窃恐天王明

圣之朝，不肯赦臣子停妻再娶乖名乱典之罪。故学生只知畏朝廷之法，未计屠公之威势也。万望老先生善为曲辞，使我不失于义，报德正自有日也。”

符言见双星言词激烈，知不可强，遂别过，将双星之言，细细述知屠劳。屠劳不胜大怒道：“无知小子，他自恃新中状元，看我不在眼内，巧言掩饰。他也不晓得宦途险隘，且叫他小挫一番，再不知机就我，看他有甚本事做官!”遂暗暗使人寻双星的事故害他。且说双星一面辞了屠驸马之聘，一面即上疏陈情，求赐归完娶。无奈被屠驸马暗暗嘱托，将他本章留中不发。双星见不能与江小姐成亲，急得没法，随即连夜修书，备细说屠劳求亲之事，遂打发青云到江家说知备细，要迎请小姐来京完娶。青云领书起身去了。双星日在寓中，思念等候小姐来京成亲。正是：

昔年恩爱未通私，今日回思意若痴。

饮食渐消魂梦搅，方知最苦是相思。

却说当时四海升平，万民乐业，外国时常进贡。这年琉球、高丽二国进贡，兼请封王，朝中大臣商议，要使人到他国中去封。但封王之事，必要一个才高名重之人，方不失天朝体统。一时无至当之人。推了一人可去，不期这人，又虑外国波涛，人心莫测，不愿轻行，遂人上央人，在当事求免，此差故尚无人。

屠驸马听知此事，满心欢喜道：“即此便可处置他一番，使他知警改悔。”遂亲自嘱托当事道：“此事非今科状元双星难当此任。”当事受托，又见双星恃才自傲，独立不阿，遂将双星荐了上去。龙颜大喜道：“双星才高出使，可谓不辱君命矣。”逐御笔批准，赐一品服，前去封海外诸王，道远涉险，许便宜行事。不日命下，惊得双星手足无措。正指望要与蕊珠来京成亲，不期有此旨意，误我佳期。今信又已去了，倘他来我去，如何是好？遂打点托人谋为，又见圣旨亲点，无可挽回，只得谢恩。受命该承应官员，早将敕书并封王礼物，俱备具整齐，止候双星起身。

却说屠劳，只道双星不愿远去，少不得央人求我挽回，我就挟制他入赘。不期双星竟不会意，全不打点谋为，竟辞朝领命。屠劳又不好说出是他的主持弄计，因想道："他总是年轻，不谙世情，只说封王容易。且叫他历尽危险，方才晓得。他如今此去，大约往返年余。如今我女儿尚在可待之年，我如今趁早催他速去早回，回时再着人去说，他自然不像这番倔强了。"屠劳遂暗暗着当事官，催双星克日起程。双星不敢延捱，只得领了敕书皇命，出京不提。

却说江章夫妻，同了小姐在船，一路凄凄楚楚，悲悲切切，怨一番自己命苦，又恨一番受了赫公子的暗算。小姐转再三安慰父母道："孩儿此去，若能中选，得侍君王，不日差人迎接，望父母不必记念伤心。父母若得早回一日，免孩儿一日之忧。况长途甚远，老年人如何受得风霜？"江章夫人那里肯听，竟要同到京中，看个下落方回。小姐道："若爹娘必与孩儿同去，是速孩儿之死矣。"说罢，哽咽大哭。江章夫人无奈，不敢拗他，只得应承不送。

江章备了一副厚礼，送与姚太监，求他路上照管。又设了一席请姚太监。姚太监满心欢喜道："令爱小姐前途之事，与进宫事体，都在学生身上。倘邀圣眷，无不怂恿，老太师不必记挂，不日定有佳音。”江章与夫人再三拜谢，然后与小姐作别。真是生离死别，在此一时。可怜这两老夫妻哭得昏天黑地，抱住了小姐，只是不放。当不得姚太监要趁风过江，再三来催，父母三人只得分手，放小姐上了众女子的船。船上早使起篷桅，趁着顺风而去。这边江章夫妻，立在船头，直看着小姐的船桅不见，方才进舱。这番啼哭，正是：

杜鹃枝上月昏黄，啼到三更满眼伤。

是泪不知还是血，斑斑红色渍衣裳。

老夫妻二人一路悲悲啼啼，到了家中。过不得四、五日，野鹤早已报到，送上书信。江章与夫人拆开看去，知双星得中解元，不日进京会试，甚是欢喜。再看到后面说起小姐亲事，夫妻又哭起来。野鹤忽然看见，不觉大惊道：“老爷夫人，看了公子的喜信，为何如此伤心?”夫人道：“你还不知，自你公子去后，有一个赫公子又来求亲，因求亲不遂，一心怀恨。又适值点选幼女，遂嘱托大监，坐名勒逼将小姐点进宫去了。我二人送至江边，回家尚未数日。你早来几日，也还见得小姐一面，如今只好罢了。”说完又大哭不止。

野鹤听了，惊得半晌不敢作声。惊定方说道：“小姐这一入宫，自然贵宠，只可怜辜负了我家公子，一片真心，化作东流逝水。”说罢，甚是叹息。夫人遂留他住下，慢慢回去。又过不得数日，早又是京中报到，报双星中了状元。江章与夫人，只恨女儿不在，俱是些空欢空喜，忽想到小姐临去之言，有彩云可续，故此又着人打听。又不多日，早见双星差了青云持书报喜，要迎请小姐进京成亲。江章与夫人又是一番痛哭。正是：

年衰已是风中烛，见喜添悲昼夜哭。

只道该偿前世愆，谁知还是今生福。

野鹤见公子中了状元，晓得一时不回，又见小姐已选入宫，遂同青云商议，拜辞江老爷与夫人，进京去见公子。江章知留他无益，遂写了书信与他二人，书中细细说知缘由，又说小姐临去之言，尚有遗书故物，要状元到家面言面付。野鹤身边有公子与小姐的书，不便送出，只得带在身边，要交还公子。二人拜别而行不提。

却说蕊珠小姐，在父母面前，不敢啼哭，今见父母别后，一时泪出痛肠，又想起双星今世无缘，便泪尽继血，日夜悲啼。同船女子，再三劝勉，小姐那里肯听，遂日日要寻自尽。怎奈船内女子甚多，一时不得其便，只得一路同行，就时常问人，今日到甚地方，进京还有多远，便终日寻巧觅便，要寻自尽不提。

却说双星赉了皇命敕书，带领跟随，晓夜出京。早有府县官迎接，准备船只伺候。双星上了船，烧献神祇，放炮点鼓，由天津卫出口，到琉球、朝鲜、日本去了。

却说姚太监，同着许多幼女，一路兴兴头头，每只船上，分派太监稽查看守，不一日到了天津卫地方，要起早进京，遂吩咐各船上停泊。着府县官，准备人夫轿马。怎奈人多，一时备办不及，又不便上岸，故此这些女子，只在船中坐等。这日江蕊珠小姐，忽见船不行走，先前只道是偶然停泊，不期到了第二日，还不见走，因在舱口，问一个小太监道："这两日为何不行，这是什么地方，进京还有多远?"小太监笑嘻嘻的说道："这是天津卫地方，离京只有三日路了。因是旱路，人夫轿马未齐，故在此等了两天。不然，明日此时，已到家了，到叫我们坐在此等得慌。"

小姐听完，连忙进舱，暗暗想道："我一路寻便觅死，以结双郎后世姻缘，不期防守有人，无处寻死。今日天假其便，停船河下，若到了京中，未免又多一番跋涉。我今日见船上众人思归已切，人心怠惰，夜间防范必然不严，况对此一派清流，实是死所，何不早葬波中，也博得个早些出头。但我今生受了才色之累，只愿后世与双郎，做一对平等夫妻，永偕到老，方不负我志。"

又想道："到双郎归来，还只说我无情，贪图富贵，不念窗前石上，订说盟言，竟飘然入宫。殊不知我江蕊珠，今日以死报你，你少不得日后自知，还要怜我这番苦楚。若怜我苦楚，只怕你纵与彩云成亲，也做不出风流乐事了。"想到伤心，忽一阵心酸，泪流不止，只等夜深人静寻死不提。

却说青云、野鹤二人，拜了江章与夫人出门，在路上闲说道："从来负心女子痴心汉，记得我家公子，自从见了江小姐，两情眷恋，眠思梦想，不知病已病过了几场，指望与他团圆成亲，谁知小姐今日别抱琵琶，竟欢然入宫去了。我如今同你进京，报知公子，只怕我那公子的痴心肠，还不肯心死哩!"

二人在路，说说笑笑，遂连夜赶进京来。这日也到了天津

卫，因到得迟了，二人就在船上歇宿。只听得上流头许多官船，放炮起更，闹了一更多天，方才歇息。青云、野鹤睡去，忽睡梦见一金甲神将，说道："你二人快些抬头，听吾神吩咐，吾乃本境河神，今你主母有难投河，我在空中默佑，你二人可作速救他回蜀，日后是个一品夫人，你二人享他富贵不小！"

二人醒来，吃了一惊，将梦中之事，你问我，我问你，所说皆同。不胜大惊大骇道："我们主母，安然在家，为何在此投河？岂非是奇事？"又说道："明明是个金甲天神，叫我二人快救，说他是一品夫人，难道也是做梦？"

二人醒了一会，不肯相信，因又睡去。金甲神又手执铜鞭，对他二人说道："你不起来快救，我就打死你二人！"说罢，照头打来。二人看见，在睡梦中吓得直跳起来道："奇事！奇事！"遂惊醒了。船家问道："你们这时候还不睡觉？我们是辛辛苦苦要睡觉的人，大家方便些好。"

青云、野鹤连忙说道："船家你快些起来，有事与你商量。倘救得人，我们重重谢你。"船家见说救人，吓得一骨碌爬了起来，问道："是那个跌下水去了？"青云道："不是。"遂将梦中神道托梦二次叫救人，细细说了一遍："若果然救得有人，我重重谢你。"船家听了也暗暗称奇，又见说救得人有赏，连忙取起火来，放入舱中，叫起妈妈，将船轻轻放开，各人拿了一把钩子，在河中守候。

却说那蕊珠小姐，日间已将衣服紧紧束好，又将簪珥首饰金银等物俱束在腰间，遂取了一幅白布，上写道：身系浙江绍兴府太师江章之女，名蕊珠，系蜀中双星之妻。因擅才名，奸谋嘱选入宫，夫情难背，愿入河流。如遇仁人长者，收尸瘗骨，墓上留名，身边携物相赠，冥中报感无尽。小姐写完，将这幅白布，缝在胸前，守至二更，四下寂然，便轻轻走近窗口，推开窗扇，只见满天星斗，黄水泛流。小姐朝着水面流泪，低低说道："今日我江蕊珠不负良人双星也！"说罢，跃身往水中一跳，跳便跳在水里，却像有人在水底下扶他的一般，随着急波滚去，早滚到小船边。

时青云、野鹤同着船家，三个人，六只眼，正看着水上，不敢转睛，忽见一团水势渐高，隐隐有物一沉一浮的滚来，离船不远。青云先看见，连忙将挠钩搭去，早搭着衣服一股，野鹤、船家，一起动手，拖到船边。仔细看去，果然是个人，遂连忙用手扯上船来，青云忙往舱中取火来照，却是一个少年女子，再照着脸上看去，吃了一惊，连声叫道："呀！呀！呀！这不是江小姐么，为何投水死在这里？"

野鹤看见，连忙丢下挠钩来看道："是呀！是呀！果然是小姐。"青云、野鹤慌张，见小姐水淋淋的，气息全无，又不敢近身去摸看。那船家见他二人说是小姐，知是贵重之人，连忙叫婆子动手来救。只因这一救，有分教：

远离追命鬼，近获还魂香。

不知小姐性命果是如何，且听下回分解。

第十三回

烈小姐有大福指迷避地感神明　才天使善行权受贡封王消狡猾

词云：

风雨催花不用伤，若还春未尽，又何妨。漫惊枝上落来忙。吹不谢，更觉有奇香。驾海岂无梁，世间危险事，要才当。纵教坑陷到临场。能鞭策，驱虎若驱羊。

——右调《小重山》

话说那船家看见果然救起人来，不胜惊喜。又见说是一位小姐，又见他二人不敢近身，因连忙叫过婆子来说道："这小姐既是神明托梦，叫我们救他，谅来投水不久，自然救得活。只要使他吐出些水来，就好了。"

婆子依言，将小姐抱起，把头往下低着，低了半晌，只听见小姐喉中一阵阵响来，呕出了许多冷水。只见小姐忽叫一声道，"好苦也！"众人听见大喜道："谢天谢地也！"

老婆子连忙扶抱小姐入舱，青云、野鹤、家长三人，不敢入舱。艄婆忙取了一件棉衣来，将小姐湿衣脱下。小姐此时已醒过来，见湿衣脱去，忙将棉衣裹住。艄婆又取了几件小衣，与小姐换过。又取了一条棉被来，与小姐盖好，方走出舱来道："好了，好了，如今没事了。"又去烧了些滚姜汤，灌了几口，小姐又吐

出了许多冷水。小姐忽哭着说道："我已拼誓死以报双郎，为何被你们救我在此？"青云、野鹤连忙在舱门口说道："小姐且耐烦，小人青云、野鹤在此。"

小姐忽然听见，开眼一看道："你二人为何在此救我？人耶？鬼那？梦那？可快与我细说。"青云、野鹤遂将河神托梦之言，如此这般，细细说了。"不期果然得遇小姐，真是万幸。"小姐因问道："你家公子，近日则如何？"野鹤道："公子回家，已中解元。公子要来与小姐完娶，老夫人逼他会试，故此公子不得已进京，着小的持书先来报喜。见了太师爷方知小姐近日之事。"

青云也连忙说道："小人跟随公子到京，侥幸得中状元。不期京中屠驸马要招赘状元，状元再三苦辞，说有原聘，遂上本乞假归娶。不期屠驸马的势力大，央当事将状元的本章留着不准，状元着急，只得叫小人连夜赶来，要迎请小姐到京完娶。小人到家，见了太师老爷，方知小姐被人暗算入宫。小的二人无可奈何，只得进京，要回复状元。不期今夜感神明之力，在此得遇小姐。只不知小姐为何在此，行此短见？"

此时小姐神魂已定，心魄已宁，忽见说双星已中解元，又见说中了状元，又听见他守义不允屠驸马之婚，着人来接他，心中不觉大喜道："如此看来，方不负我这番之苦。"方说道："我被赫公子陷害入选，彼时欲寻自尽，诚恐老爷夫人悲伤，又恐抗旨遗祸于老爷，故宽慰出门，隐忍到此。今离家已远，老爷干系已脱，故甘一死以报尔公子。不期神明默佑，使你二人救我。但今救虽救了，恐太监耳目众多，不敢进京见你状元，又不敢回家惹祸，到弄得有家难奔，有国难投，却如之奈何？”

青云道：“适才梦中神明已吩咐明白，说救了小姐，即速回蜀。小人如今只得且送小姐回蜀中，再来报状元，也说不得了。”小姐想想道：“如此甚好。但是迟延不得，此去离大船不远，倘天明知觉，踪迹起来，就不便了。”小姐因叫船家夫妇说道：“我是被人暗害，落难于此，求你夫妇送我还家，我日后看顾你夫妻，决不有忘。”

原来这船家叫做王小泉，五十来岁，并无男女，只得夫妻两口，撑船过日。今在旁边，见他们说出是阁老的小姐，又是状元夫人，二人便满心欢喜，以为今日得救小姐，赏赐不小，将来好做本钱。忽又听见小姐要他二人送回家去，后来看顾，他夫妻二人欢喜不过，遂俏悄商议了一番，来笑说道：“我夫妇数年长斋，尚无男女，今见小姐说的这般苦楚，我二人情愿服侍小姐回家。只要养我半生，吃碗自在饭儿，强似在船上朝风暮水的吃苦不了。”

小姐见他肯送，遂大喜道：“若得你夫妇肯去，后日之事，俱在我身上。”二人连声称谢，遂欢欢喜喜忙到艄上收拾篷桅，驾着橹桨。此时将有四更，明月渐渐上来，遂乘着月色，咿咿呀呀，复回原路。不消几日，早又到仪征。青云、野鹤见本船窄小，恐长江中不便行走，遂雇了一只大船，请小姐上了大船。小姐叫王小泉夫妻弃了小船，王小泉遂寻人卖去。于是一行五人，在大船上出了江口，往荆襄川河一路而进。正是：

燕子自寻王谢垒，马蹄偏识五陵家。

一枝归到名园里，依旧还开金谷花。

且按下蕊珠去蜀中不提。

却说船中这些幼女，到了五更，见窗门半开，因说道：“我们怎这样要睡，连窗门都不曾关，幸而不曾遗失物件。”又停了一会，天色大明，一起起来梳洗，只不见江小姐走来。众女子道：“江小姐连日啼哭，想是今日睡着了。”

一个小女子，连忙走到江小姐睡的床边，揭帐一看，那里有个江小姐。便吃了一惊，连忙将被窝揭开看时，已空空如也。忙叫道：“不好了，江小姐不见了！”众女子听见，也连忙走来，但见床帐被褥依然，一双睡鞋儿，尚在床前。众女子看罢，俱大惊道：“我们见他连日不言不语，似有无限伤心，如今又窗口未关，一定是投河死了。”众女在舱中嚷做一团，早被小太监听见，报知姚太监。

姚太监吃这一惊不小，忙走来询问众女。又看见窗口未关，方信是投入河中死了，不禁跌足捶胸道：“我为他不知费了多少心机，要将他进与圣上，学新台故事，已拿稳一片锦美前程。今因不曾提防，被他偷死了，岂不一旦付之东流！可恼，可恨！如今要你这些歹不中怎么，只好与俺内官们捧足提壶罢了。”又想起江太师再三嘱托，遂吩咐众人打捞殡殓。众人忙了一日，那见影子，姚太监兴致索然。到了次日，只得带领众女，起早到京，不论好歹，点入宫中去了。正是：

阴阳配合古人同，今日缘何点入宫？

想是前生淫欲甚，却教今世伴公公。

却说双状元出海开船，正是太平景象，海不生波，一连半月，早过了美女峰，黑水河，莲花漾，又过了许多山岛。不一日，早到了朝鲜地方，舵公抛锚打橛。早有朝鲜国地方官，看见南船拢岸，便着通事舍人，前来探问。

这边船上，早扯起封王旗号。通事舍人见了，连忙走上船来，相见说道："不知天使来临，失于迎接。不知天使大人，官居何职？当此重任来封吾王，乞天使说明，以便通报。"双星说道："学生是天朝新科双状元，奉皇上恩命，因国祚升平，欲普天同乐。念尔朝鲜诸国，久尊圣化，故特遣使臣，敕封汝主。可速谕知来意，使王受爵。"

通事舍人听了大喜，连忙起身报知国王，细说其事。国王大喜，遂率领文臣武将，一起出城，旌旄遍地，斧钺连天，一对对直摆到船边来接。通事舍人上船说了一遍。双状元遂将圣旨敕文以及诸般礼物，先搬上岸来，叫人赉捧在前，双星穿带了钦赐的一品服色，上罩着黄罗高伞，走出船头。

许多番兵番将看见，忙一起跪接。早有朝鲜国王，亲到船头，拱扶着双状元上岸，敦请双状元坐轿，国王乘马，一起番乐吹打，迎入城来。到了国王殿上，已排列香案，宝烛荧煌，异香缭绕。双状元手擎圣谕，立在殿上开读，国王俯伏阶前恭听。双星读罢诏书，国王山呼谢恩已毕，然后大摆筵宴，请双星上坐，国王下陪。一时间吃的是熊掌驼峰，猩唇鲤尾，听的是胡笳羯鼓，许多异音异乐。国王见双状元年少才美，十分敬重，亲自捧觞进爵，尽欢畅饮。饮毕，然后送双状元馆中歇宿。双状元住有数日，因要封别国，遂辞了国王上船。国王备了称臣的谢表，并诸般贡礼，又私送了双星许多奇珍异宝，双星然后开船。

于是逐次到了日本、高丽、大小琉球，一一封完。双星正欲打点回朝，不期未封诸国，晓得不封他们，大家不忿起来，遂约齐了大小百十余国，各带了本国人马，一路追来。岸上番王番将，水中战舰艨艟，随后追来。

此时双星尚有封过的各国番将护送，连忙报知道："列国争封，各王带领番将追袭，乞状元主张。"双星见说，暗吃一惊。因想道："我奉诏封王，只得这几处。今已完矣，并未曾计及他国，今来争竞，如之奈何?"踌躇了半晌，因想道："幸钦命有便宜从事四字，除非如此这般，方可退得这些凶顽。"

遂传了通事舍人来说道："我奉皇命而来，因尔等朝鲜诸国，素服王化，贡献不绝，故敕书封及。其余诸国，声气未通，如何引例来争？你可与我在平地上，高筑土台，待我亲自晓谕诸王。"

说尚未完，只听得轰天炮响，水陆蜂拥齐到，乱嚷乱叫。这边船上通事舍人，忙立在船头，乌里乌啦，翻了半日。只见各国王，乱舞乱跳，嘻嘻哈哈的，分立两旁。通事舍人遂叫人在空地上，筑起高堆，不时停当。

次日平明，双状元乌纱吉服，带领侍从，走到台上高坐，左右通事站立。各国王见台上有人，都到台下，又乌啦了一番。双星问通事道："他们怎么说?"通事道："他说一样国王，为何不封？若不加封，难以服众。"

双状元说道："天有高卑，礼分先后。从无不来而往，无故而亲之道。天朝圣度如天，草木皆所矜怜，何况各国诸王，岂有不加存恤之理？但至诚之道，必感而后通，声响之理，必叩而后应。如朝鲜、琉球等国，久奉正朔，恪遵臣礼，吉凶必告，兴废必通，故封从伊始。至于各国各王列土，不知何地名号，不知何人，从无所请，却叫朝廷恩命，于何而加？今忽纷争，岂以使臣单宣仁义，未及用武，遂欲肆凶逞悖耶？使臣虽只一人，而天朝之雄兵猛将，却不只一人。本当奏知天王，请加挞伐，但念尔诸王争封，本念愿是慕义向化，欲承声教，非有他也。故推广天王之量，不加深究，而曲从其请。但须各献所有，以表进贡之城，然后速报某国某王，我好一例遵旨加封，决不食言。"

通事舍人遂高声向台下将双状元之言，细细翻了一遍。只见诸王，又乌里乌啦的翻了一会，遂一起拍掌，跑马的跑马，使刀的使刀，捉对儿奔驰对舞。又不一时，俱跑到台前下马，颠头跳跃。双状元又问通事道："这又怎么说？"通事说道："方才状元宣谕，见肯封他，故此欢喜。跑刀使刀，与状元看赏，以明感激。所谕贡物，一时不曾备得，随即补上，乞天使少留。今俱在台下领封。"双星道："既是这等，你可报来。"通事舍人遂将各国各王，一一报将上来。双星见一上，封一个，不一时，百余国尽俱封完。各王大喜，遂将带来的许多珍奇异宝，一起留在台下，又在地下各打一滚，翻身上马，呼哨一声，如风雷掣电而去。正是：

分明翰苑坐淡濡，忽被谗驱虎豹区。

到此若无才足辩，青锋早已丧头颅。

双星见他们去了，方放下一天惊恐。又问通事道：“台下这些东西，他们为何留下而去？”通事说道：“这些东西，是他们答谢天使的。”双星道：“既是如此，你可为我逐件填注，即作各国之贡，我好进呈天子，以见各国款奉之诚，不必又献了。”通事说道：“这是他们送与天使之物，为何不自己收留，反作公物，进与朝廷？”双状元笑道：“我天朝臣子，为国尽忠，岂存私肥己耶？”

通事听了，不胜称赞天朝好臣子，遂填写明白，着人搬上船来。又着人报知各国，尽皆称羡。双状元上船，通事诸人，又送过了许多地界，将到浙省地方，方才别去。正是：

被人暗算去封王，逐浪冲波几丧亡。

今日功成名亦遂，始知折挫为求凰。

双星一路平安归国不提。

却说蕊珠小姐，从长江又入川河，一路亏得船家婆子服侍，在路许多日子，到了起旱的所在，青云雇了一乘骡轿，一起起旱。又行了许多日子，方到了四川成都双流县地方。青云先着野鹤去报夫人，细细说知缘故。

双夫人听了，大惊大喜，连忙打发仆妇，一路迎来。众仆妇迎着了，忙到江小姐轿前，揭帘偷看，见小姐果然生得美貌非常，个个磕头道：“贱婢是太夫人差来迎接小姐的。”小姐见了，甚是喜欢道：“多谢太夫人这般用心，又劳你们远接。”于是高高兴兴，管家们打着黄罗大伞，前呼后拥，一路上说是双状元家小，京中回来的，好不热闹。

不一时到了家中，双夫人出到厅前相见。家人铺下红毡，江小姐拜了三拜。双夫人先叙了许多寒温，方说道："闻小姐吃尽辛苦，不顾生死，为我孩儿守志，殊可敬也！我今有此贤媳，何幸如之！"江小姐道："此乃媳妇分内之事，敢劳婆婆过奖。"双夫人搀了小姐，同入后堂。双夫人使双辰拜见嫂嫂，又叫家人仆妇，俱来拜见小夫人，便治酒款待。婆媳甚是欢喜。双夫人遂将中间一带楼房，与小姐做了卧房，只等双星回家做亲。正是：

不曾花烛已亲郎，未嫁先归拜老堂。

莫讶奇人做奇事，从来奇处始称扬。

江小姐竟在婆家等候双星，安然住下。过不得两月，早有报到，说双状元辞婚屠府，被屠驸马暗暗嘱托当道，将双状元出使外国封王去了。

双夫人与蕊珠小姐听了大惊。双夫人日夜惊扰，而小姐心中时刻思想，又感念双星果不失义，为他辞婚，轻身外国，便朝夕焚香，暗暗拜祝，唯愿双星路上平安，早回故里，且按下不提。

却说双星不止一日，将船收进小河。早有汛地官员接着，见双状元奉旨封王回来，俱远远迎接，请酒送礼，纷纷不绝。遂一路耽耽搁搁，早到了绍兴府交界地方。双星满心欢喜，以为离江太师家不远，便吩咐手下住船，我老爷要会一亲戚。只因这一番去会，有分教：

惊有惊无，哭干眼泪；

说生说死，断尽人肠。

不知后事如何，且听下回分解。

第 十 四 回

望生还惊死别状元已作哀猿　他苦趣我欢场宰相有些不像

词云：

忙忙急急寻花貌，指望色香侵满抱。
谁知风雨洗河洲，一夜枝头无窈窕。
木桃虽可琼瑶报，鱼腹沉冤谁与吊？
死生不乱坐怀心，方觉须眉未颠倒。

——右调《木兰花》

话说双星，自别了蕊珠小姐，无时无刻不思量牵挂。只因遭谗，奉旨到海外敕封，有王命在身，兼历风波之险，虽不敢忘小姐，却无闲情去思前想后，今王事已毕，又平安回来，自不禁一片深心，又对着小姐。

因想道："我在京时，被屠贼求婚致恨，嘱托当事，不容归娶。我万不得已，方差青云去接小姐到京，速速完姻，以绝其望。谁料青云行后，忽奉此封王之命，遂羁身海外，经年有余。不知小姐还是在家，还是进京去了？若是岳父耳目长，闻知我封王之信，留下小姐在家还好，倘小姐但闻我侥幸之信，又见迎接之书，喜而匆匆入京，此时不知寄居何处，岂不寂寞，岂不是我害他！今幸船收入浙，恰是便道，须急急去问个明白，方使此心放下。”

忽船头报入了温台浙境，又到了绍兴交界地方，双星知离江府不远，遂命泊船，要上岸访亲。随行人役闻知，遂要安排报事，双星俱吩咐不用，就是随身便服，单带了一个长班跟随上岸，竟往江府而来。

到了笔花墅，看见风景依稀似旧，以为相见小姐，有几分指望，暗暗欢喜，因紧走几步。不一时早到了江府门前，正欲入去，忽看见门旁竖着一根木杆，杆上插着一帚白幡，随风飘荡，突然吃了一惊，道：“此不祥之物也，缘何在此？莫非岳父岳母二人中有变么？”寸心中小鹿早跳个不住，急急走了进去，却静悄悄不见一人，一发惊讶。

直走到厅上，方看见家人江贵从后厅走出。忽抬头看见了双星，不胜大喜道：“闻知大相公是状元爷了，尽说是没工夫来家，今忽从天而降，真是喜那！”双星且不答应他，忙先急问道：“老爷好么？”江贵道：“老爷好的。”

双星听了，又急问道：“夫人好么？”江贵道：“夫人好的。”双星道：“老爷与夫人既好，门前这帚白幡，挂着却是为何？”江贵道：“状元爷若问门前这帚白幡，说起来话长。老爷与夫人，日日想念状元爷，我且去报知，使他欢喜欢喜。白幡之事，他自然要与状元爷细说。”

一面说，一面即急走入去了。双星也就随后跟来。此时江章已得了同年林乔之信，报知他双状元海外封王之事，正与夫人、彩云坐在房里，愁他不能容易还朝。因对彩云说道：“他若不能

还朝，则你姐姐之书，几时方得与他看见？姐姐之书不得与他看见，则你之婚盟，何时能续？你之婚盟不能续，则我老夫妻之半子，愈无望了。”

话还不曾说完，早听见江贵一路高叫将进来道：“大相公状元进来了！”江章与夫人、彩云，忽然听见，心虽惊喜非常，却不敢深信。老夫妻连忙跑出房门外来看，早看见双星远远走来。还是旧时的白面少年，只觉丰姿俊伟，举止轩昂了许多。及走到面前，江章还忍着苦心，欢颜相接，携他到后厅之上。

双星忙叫取红毡来，铺在地下，亲移二椅在上，“请岳父、岳母台坐，容小婿双星拜见。”江章正扯住他说：“贤婿远来辛苦，不消了。”夫人眼睁睁看见这等一个少年风流贵婿在当面，亲亲热热的岳父长、岳母短，却不幸女儿遭惨祸死了，不能与他成双作对，忽一阵心酸，那里还能忍耐得住，忙走上前，双手抱着双星，放声大哭起来道：“我那贤婿耶，你怎么不早来！闪得我好苦呀，我好苦呀！”

双星不知为何，还扶住劝解道：“岳母尊年，不宜过伤。有何怨苦，乞说明，便于宽慰。”夫人哭急了，喉中哽哽咽咽，那里还说得出一句话来。忽一个昏晕，竟跌倒在地，连人事都不省。江章看见，惊慌无措。幸得跟随的仆妇与侍妾众多，俱忙上前搀扶了起来。江阁老见扶了起来，忙吩咐道：“快扶到床上去，叫小姐用姜汤灌救。”众仆妇侍妾慌作一团，七手八脚，搀扶夫人入去。

双星初见白幡，正狐疑不解，又忽见夫人痛哭伤心，就疑小姐有变，心已几乎惊裂，忽听见江阁老吩咐叫小姐灌救，惊方定了。因急问江章道："岳母为着何事，这等痛哭?"江阁老见问，也不觉掉下泪来，只不开口。双星急了，因发话道："岳父母有何冤苦，对双星为何秘而不言，莫非以双星子婿为非人耶?"

江阁老方辩说道："非是不言，言之殊觉痛心。莫说老夫妻说了肠断，就是贤婿听了，只怕也要肠断!"双星听见说话又关系小姐，一发着急，因跪下恳求道："端的为何?岳父再不言，小婿要急死矣!"江阁老连忙扶起，因唏嘘说道："我那贤婿呀!你这般苦苦追求，莫非你还想要我践前言，成就你的婚盟么?谁知我一才美贤孝的女儿，被奸人之害，只为守着贤婿之盟，竟效浣纱女子，葬于黄河鱼腹了!叫我老夫妻怎不痛心!"

双星听见江阁老说小姐为他守节投水死了，直吓得目瞪口呆，魂不附体，便不复问长问短，但跌跌脚，仰天放声哭道："苍天，苍天，何荼毒至此耶!我双星四海求凰，只博得小姐一人，奈何荼毒其死呀!小姐既死，我双星还活在世间做些什么?何不早早一死，以报小姐于地下!"说罢，竟照着厅柱上一头撞去。喜得二小姐彩云，心灵性巧，已揣度定双状元闻小姐死信，定要寻死觅活，早预先暗暗差了两个家人，在旁边提防救护。

不一时，果见双星以头撞柱，慌忙跑上前，拦腰抱住。江阁老看见双星触柱，自不能救，几乎急杀。见家人抱住，方欢喜向前，说道："不夜，这就大差了!轻生乃匹夫之事，你今乃朝廷臣子，又且有王命在身，怎敢忘公义而徇私情?"

双星听了，方正容致谢道："岳父教诲，自是药言，但情义

所关，不容苟活。死生之际，焉敢负心？今虽暂且腼颜，终须一死。且请问贤妹受谁之祸，遂至惨烈如此！”江阁老方细细将赫公子求亲怀恨说了：“又适置（值）姚太监奉圣旨选太子之婚，故赫公子竟将小女报名入选。我略略求他用情，姚太监早听信谗言，要参我违悖圣旨，小女着急，恐贻我祸，故毅然请行。旁人不知小女用心，还议论他贪皇家之富贵，而负不夜之盟。谁知小女舟至天津，竟沉沙以报不夜，方知其前之行为尽孝，后之死为尽节，又安详，又慷慨，真要算一个古今的贤烈女子了。”说罢，早泪流满面，拭不能干。

双星听了，因哭说道：“此祸虽由遭谗而作，然细细想来，总是我双星命薄缘悭，不曾生得受享小姐之福。故好好姻缘，不在此安守。我若长守于此，失（得）了此信，岂不与小姐成婚久矣！却转为功名，去海外受流离颠沛，以致贤妹香销玉碎。此皆我双星命薄缘悭，自算颠倒，夫复谁尤？”

此时夫人已灌醒了，已吩咐备了酒肴，出来请老爷同双状元排解。又听见双星吃着酒，长哭一声：“悔当面错过！”又短哭一声：“恨死别无言！”絮絮聒聒，哭得甚是可怜。因又走出来坐下，安慰他道：“贤婿也不消哭了，死者已不可复生，既往也追究不来。况且你如今又中了状元，又为朝廷干了封王的大事回来，不可仍当作秀才看承。若念昔年过继之义，并与你妹子结婚之情，还要看顾我老夫妻老景一番，须亲亲热热再商量出个妙法来才好。”

双星听了，连连摇头道：“若论过继之义，父母之老，自是双星责任，何消商量！若要仍以岳父、岳母，得能亲亲热热之妙法，除非小姐复生，方能得彀。倘还魂无计，便神仙持筹，也无妙法。”一面说，一面又流下泪来。江阁老见了，忙止住夫人道：“这些话且慢说，且劝状元一杯，再作区处。”夫人遂不言语。左右送上酒来，双星因心中痛苦，连吃了几杯，早不觉大醉了。夫人见他醉了，此时天已傍晚，就叫人请他到老爷养静的小卧房里去歇息。正是：

堂前拿稳欢颜会，花下还思笑脸逢。

谁道栏杆都倚遍，眼中不见旧时容。

夫人既打发双星睡下，恐怕他酒醒，要茶要水，因叫小姐旧侍儿若霞去伺候。不期双星在伤心痛哭时，连吃了几杯闷酒，遂沉沉睡去，直睡到二更后，方才醒了转来。因暗想道：“先前夫人哭晕时，分明听见岳父说：‘快扶夫人入去，叫小姐用姜汤灌救。’我一向在此，只知他只生得一位小姐，若蕊珠小姐果然死了，则这个小姐又是何人？终不成我别去二、三年，岳父又纳宠生了一位小姐，又莫非蕊珠小姐还未曾死，故作此生死之言，以试我心？”心下狐疑，遂翻来覆去，在床上声响。

若霞听见，忙送上茶来道：“状元睡了这多时，夜饭还不曾用哩，且请用杯茶。”双星道：“夜饭不吃了，茶到妙。”遂坐起身来吃茶。此时明烛照得雪亮，看见送茶的侍妾是旧人，因问道：“你是若霞姐呀！”若霞道：“正是若霞。状元如今是贵人，为何还记得？”双星道：“日日见你跟随小姐，怎么不记得！不但记得你，还有一位彩云姐，是小姐心上人，我也记得。我如今要

见他一回，问他几句闲话，不知你可寻得他来?"

若霞听见，忙将手指一咬道："如今他是贵人了，我如何叫得他来?"双星听了，着惊道："他与你同服侍小姐，为何他如今独贵?"若霞道："有个缘故，自小姐被姚太监选了去，老爷与夫人在家孤孤独独，甚是寂寞。因见彩云朝夕间，会假殷勤趋奉，遂喜欢他，将他立做义女，以补小姐之缺。吩咐家下人，都叫他做二小姐，要借宰相门楣，招赘一个好女婿为半子，以花哄目前。无奈远近人家，都知道根脚的，并无一人来上钓钩。如今款留状元，只怕明日还要假借小姐之名，来哄骗状元哩!"双星听了，心中暗想道："这就没正经了。"也不说出，但笑笑道："原来如此!"说罢，就依然睡下了。正是：

妒花苦雨时时有，蔽日浮云日日多。

漫道是非终久辩，当前已着一番魔。

双星睡了一夜，次早起来梳洗了，就照旧日规矩，到房中来定省。才走进房门，早隐隐看见一个女子，往房后避去。心下知是彩云，也就不问。因上前与岳父、岳母相见了。江章与夫人就留他坐下，细问别来之事。双星遂将自中了解元，就要来践前盟，因母亲立逼春闱，只得勉强进京。幸得侥幸成名，即欲恳恩归娶。又不料屠驸马强婚生衅，嘱托当事，故有海外之行诸事，细细说了一遍。

江阁老与夫人听了，不胜叹息，因说道："状元既如此有情有义，则小女之死，不为在矣。但小女临行，万事俱不在心，只苦苦放我两老亲并状元不下，昼夜思量，方想出一个藕断丝牵之妙法，要求状元曲从。不知状元此时此际，还念前情，而肯委曲否?”

双星听了，知是江章促他彩云之事。因忙忙立起身来，朝天跪下发誓道：“若论小姐为我双星而死之恩情，便叫我粉骨碎身，亦所不辞，何况其余！但说移花接木，关着婚姻之事，便万死亦不敢从命！我双星须眉男子，日读圣贤书，且莫说伦常，原不敢背，只就少年好色而言，我双星一片痴情，已定于蕊珠贤妹矣。舍此，纵起西子、王嫱于地下，我双星也不入眼，万望二大人相谅。”说罢，早泪流满面。

江章连忙搀他起来，道：“状元之心，已可告天地矣；状元之情，已可泣鬼神矣，何况人情，谁不起敬！但人之一身，宗祀所关，婚姻二字，也是少不得的。状元还须三思，不可执一。”

双星道：“婚姻怎敢说可少？若说可少，则小婿便不该苦求蕊珠贤妹了。但思婚盟一定不可移，今既与蕊珠贤妹订盟，则蕊珠贤妹，生固吾妻，死亦吾妻，我双星不为无配矣。况蕊珠小姐，不贪皇宫富贵，而情愿守我双星一盟而死于非命，则其视我双星为何如人！我双星乃贪一瞬之欢，做了个忘恩负义之人，岂不令蕊珠贤妹衔恨含羞于地下！莫说宗嗣尚有舍弟可承，便覆宗绝嗣，亦不敢为禽兽之事。二大人若念小婿孤单，欲商量婚姻之妙法，除了令爱重生，再无别法。”

江阁老道：“状元不要错疑了，这商量婚姻的妙法，不是我老夫妻的主意，实是小女临行的一段苦心。”双星道：“且请问小姐的苦心妙法，却是怎样?”江阁老道：“他自拼此去身死，却念

我老夫妻无人侍奉，再三叫我将彩云立为义女，以代他晨昏之定省。我老夫妻拂不得他的孝心，只得立彩云为次女。却喜次女果不负小女之托，寒添衣，饥劝饭，实比小女还殷勤。此一事也。小女知贤婿乃一情种，闻他之死，断然不忍再娶，故又再三求我，将次女以续状元之前盟。知状元既不忘他，定不辜他之意。倘鸾胶有效，使我有半子之依，状元无覆绝之虑，岂不玉碎而瓦全？此皆小女千思百虑之所出，状元万万不可认做荒唐，拒而不纳也。”

双星听了，沉吟细想道：“此事若非蕊珠贤妹之深情，决不能注念及此。若非蕊珠贤妹之俏心，决不能思算至此。况又感承岳父恳恳款款，自非虚谬。但可惜蕊珠贤妹，已茫茫天上了，无遗踪可据。我双星怎敢信虚为实，以作负心，还望岳父垂谅。”

江阁老道：“原来贤婿疑此事无据么？若是无据，我也不便向贤婿谆谆苦言了。现有明据在此，可取而验。”双星道：“不知明据，却是何物？”江阁老道：“也非他物，就是小女临行亲笔写的一张字儿。”双星道：“既有小姐的手札，何不早赐一观，以消疑虑。”

江阁老因吩咐叫若霞去问二小姐，取了大小姐留下的手书来。只因这一取，有分教：

　　鸳梦有情，鸾胶无力。

不知后事如何，且听下回分解。

第十五回

览遗书料难拒命请分榻以代明烛　续旧盟只道快心愿解襦而试坐怀

词云：

死死生生心乱矣，更有谁，闲情满纸。及开读琼瑶，穷思极虑，肝胆皆倾此。若要成全人到底，热突突，将桃作李。血性犹存，良心未丧，何敢为无耻。

——右调《雨中花》

话说江太师因双状元闻知小姐有手书与他，再三索看，只得吩咐若霞道："你可到拂云楼上，对二小姐说，老爷与双状元在房中议续盟之事，因双状元不信此议出自大小姐之意，再三推辞，故老爷叫我来问二小姐讨取前日大小姐所留的这封手书。叫二小姐取与我拿出去与双状元一看，婚姻便成了。"

若霞领了太师之命，忙忙入去。去了半晌，忽又空手走来，回复道："二小姐说，大小姐留下的这封书，内中皆肝胆心腹之言，十分珍重，不欲与旁人得知。临行时再三嘱托，叫二小姐必面见状元，方可交付。若状元富贵易心，不愿见书，可速速烧了，以绝其迹，故不敢轻易发出。求老爷请问状元，还是愿见书，还是不愿见书？若是状元做官，大小姐做鬼，变了心肠，不愿见书，负了大小姐一团美意，便万事全休，不必说了。若状元

有情有意，还记得临行时老爷夫人面订之盟，还痛惜大小姐遭难流离守贞而死之苦，无处追死后之魂，还想见其生前之笔，便当忘二小姐昔日之贱，以礼相求；捐状元今日之贵，以情相恳。则请老爷夫人，偕状元入内楼，面付可也。至于盟之续不续，则听凭状元之心，焉敢相强？”

双星听见彩云的传言，说得情理侃侃，句句缚头缚脚，暗想道：“彩云既能为此言，便定有所受，而非自利耳。”因对若霞道：“烦你多多致意二小姐，说我双星向日慕大小姐，而愿秣马秣驹，此二小姐所知也。空求尚如此，安有既托丝萝而反不愿者？若说春秋两闱侥幸而变心，则屠婚可就，而海外之风波可免矣；若说无情无义，则今日天台不重访矣；若说苦苦辞续盟之婚，此非忘大小姐之盟，而别订他盟，正痛惜大小姐之死于盟，而不忍负大小姐之盟也。若果大小姐有书可读，读而是真非伪，则书中之命，当一一遵行，必不敢稍违其半字。若鸾笺乌有，滴泪非真，则我双不夜宁可违生者于人间，决不负死者于地下。万望二小姐略去要挟之心，有则确示其有，以便恳岳父母相率匍伏楼下，九叩以求赐览。”

若霞只得又领了双状元之言，又入去了。不一时又出来说道：“二小姐已捧书恭候，请老爷夫人同状元速入。”江阁老因说道：“好，好，好！大家同进去看一看，也见一个明白。”遂起身同行。正是：

柳丝惯会藏鹦鹉，雪色专能隐鹭鸶。

不是一函亲见了，情深情浅有谁知？

双星随着岳父母二人，走至拂云楼下，早见彩云巧梳云鬟，薄着罗衣，与蕊珠小姐一样装束，手捧着一个小小的锦袱，立于楼厅之右，也不趋迎，也不退避。双星见了，便举手要请他相见。彩云早朗朗的说道："相见当以礼，今尚不知宜用何礼，暂屈状元少缓，且请状元先看了先小姐之手书，再定名分相见何如?"

因将所捧的小锦袱放在当中一张桌上，打开了，取出蕊珠小姐的手札来，叫一个侍妾送与双星。彩云乃说道："是假是真，状元请看。"双星接在手中，还有三分疑惑，及定睛一看，早看见书面上写着"薄命落难妾江蕊珠谨致书寄上双不夜殿元亲启密览"二十二个小楷，美如簪花，认得是小姐的亲笔，方敛容滴泪道："原来蕊珠小姐，当此倥偬之际，果相念不忘，尚留香翰以致殷勤，此何等之恩，何等之情，义当拜受。"因将书仍放在桌上，跪下去再拜。江阁老看见，忙搀住道："这也不消了。"双星拜完起来，见书面上有"密览"二字，遂将书轻轻拆开，走出楼外阶下去细看。只见上写道：

妾闻婚姻之礼，一醮终身。今既遭殃，死生已判。若论妾为郎而死，死更何言！一念及生者之恩，死难瞑目。想郎失妾而生，生应多恨；若不辜死者之托，生又何惭！忆自郎吞声别去，满望吐气锦归，不道谗入九重，祸从天降。自应形消一旦，恨入地中，此皆郎之缘悭，妾之命薄。今生已矣，再结他生，夫复谁尤？但恐妾之一死，漠漠无知，窃恐双郎多情多义，怜妾之受无幸，痛妾之遭荼毒，甘守孤单，则妾泉下之魂，岂能安乎？再三苦思，万不得已，而恳父母，收彩云为义女，欲以代妾而奉箕帚。有如双郎，情不耐长，义难经久，以玉堂金马，而别牵绣幕红丝，则彩云易散，原不相妨。倘双郎情深义重，生死不移，始终若一，则妾一线未了之盟，愿托彩云而再续。若肯怜贱妾之死骨而推恩，则望勿以彩云之下体而见弃。代桃以李，是妾痴肠；落月存星，望郎刮目。不识双郎能如妾愿否？倘肯念旧日之鸠鹊巢，仍肯坦别来之金紫腹，则老父老母之半子，有所托矣。老父老母之半子既有托，则贱妾之衔结，定当有日。哀苦咽心，言不尽意，乞双郎垂谅，不宣。

双星读了一遍，早泪流满面。及再读一回，忽不禁哀哀而哭道："小姐呀，小姐呀！你不忍弃我双星之盟，甘心一死，则孤贞苦节，已自不磨。怎又看破我终身不娶，则知己之感，更自难忘。这还说是人情，怎么又虑及我之宗嗣危亡，怎么又请人代替，使我义不能辞！小姐呀，小姐呀！你之心胆，亦已倾吐尽矣！"

因执书沉想道："我若全拒而不从，则负小姐之美意；我若一一而顺从，则我双星假公济私，将何以报答小姐？"又思量了半晌，忽自说道："我如今有主意了。"遂将书笼入袖中，竟走至楼下。此时彩云，见双星持书痛哭，知双星已领会小姐之意，不怕他不来求我，便先上楼去了。

江阁老见双星看完书入来，因问道："贤婿看小女这封书，果是真么？"双星道："小姐这封书，言言皆洒泪，字字有血痕。不独是真，而一片曲曲苦心，尽皆呕出矣。有谁能假？"江阁老道："既是这等，则小女续盟之议，不知状元以为何如？"双星道："蕊珠小姐既拚一死矣，身死则节著而名香矣，他何必虑？然犹千思百虑，念我双星如此，则言言金玉也。双星人非土木，焉敢不从？"

江阁老道："状元既已俯从，便当选个黄道吉日，要请明结花烛矣。"双星道："明结花烛，乃令爱小姐之命，当敬从之，以尽小姐念我之心。然花烛之后，尚有从而未必尽从之微意，聊以表我双星不忘小姐之私，亦须请出二小姐来，细细面言明方好。"

江阁老听了，因又着若霞去请。若霞请了，又来回复道："二小姐说，状元若不以大小姐之言为重，不愿结花烛则已；既不忘大小姐，而许结花烛，且请结过花烛以完大小姐之情案。若花烛之后，而状元别有所言，则其事不在大小姐，而在二小姐矣。可从则从，何必今日繁琐？"双星听了，点头道是，遂不敢复请矣。江阁老与夫人见婚盟已定，满心欢喜。遂同双星出到后厅，忙忙吩咐家人去打点结花烛之事。正是：

妙算已争先一着，巧谋偏占后三分。

其中默默机锋对，说与旁人都不闻。

江阁老见双星允从花烛，便着人选吉日，并打点诸事俱已齐备，只少一个贵重媒人。恰恰的礼部尚书林乔，是他同年好友，从京中出来拜他。前日报双状元封王之信也就是他。江阁老见他来拜，不胜欢喜，就与他说知双状元封王已归，今欲结亲之事，就留他为媒，林乔无不依允。

双星到了正日，暗自想道："彩云婢作夫人，若坐在他家，草草成婚，岂不道我轻薄？轻薄他不打紧，若论到轻薄他，即是轻薄了小姐，则此罪我双星当不起了。"因带了长班，急急走还大座船上，因将海上珍奇异宝，检选了数种，叫人先鼓乐喧天的送到江阁老府，以为聘礼。然后自穿了钦赐的一品服色，坐了显轿，衙役排列着银瓜状元的执事，一路灯火，吹吹打打而来，人人皆知是双状元到江太师府中去就亲，好不高兴。

到了府门，早有媒人礼部尚书林乔代迎入去。到了厅上，江太师与江夫人，早已立在大厅上，铺毡结彩的等候。见双状元到了，忙叫众侍妾簇拥出二小姐来，同拜天地，同拜父母，又夫妻交拜。拜毕，然后拥入拂云楼上去，同饮合卺之卮。外面江太师自与林尚书同饮喜酒不提。

且说双星与彩云二人到了楼上，此时彩云已揭去盖头，四目相视，双星忙上前，又是一揖道："我双星向日为小姐抱病时，多蒙贤卿委曲周旋，得见小姐，以活余生，到今衔感，未敢去心。不料别来遭变，月缺花残，只道今生已矣，不意又蒙小姐苦心，巧借贤卿以续前盟。真可谓恩外之恩，爱中之爱矣。今又蒙不辜小姐之托，而殷勤作天台之待，双星虽草木，亦感春恩。但在此花烛洞房，而小姐芳魂，不知何处，生死关心，早已死灰槁木。若欲吹灯含笑，云雨交欢，实有所不忍，欲求贤卿相谅。"说罢，凄凄咽咽，苦不胜情。

彩云自受了小姐之托，虽说为公，而一片私心，则未尝不想着偎偎倚倚，而窃双状元之恩爱。今情牵义绊，事已到手，忽见双状元此话，渐渐远了，未免惊疑。因笑嘻嘻答道："状元此话，就说差了。花是花，叶是叶，原要看得分明。事是事，心是心，不可认做一样。贱妾今日之事，虽是续先姐之盟，然先姐自是一人，贱妾又是一人。状元既不忘先姐，却也当思量怎生发付贱妾。不忍是心，花烛是事。状元昔日之心，既不忍负，则今日之花烛，又可虚度耶？状元风流人也，对妾纵不生怜，难道身坐此香温玉软中，竟忍心而不一相慰藉耶？"

双星道："贤卿美情，固难发付，花烛良宵，固难虚度，但恨我双星一片欢情，已被小姐之冤恨沉沉销磨尽矣，岂复知人间还有风流乐事！芳卿纵是春风，恐亦不能活予枯木。"彩云复笑道："阳台云雨，一笑自生，但患襄王不入梦耳。状元岂能倦而不寝耶？且请少尽一卮，以速睡魔，周旋合卺。"因命侍儿捧觞以进。

双星接卮在手，才吃得一口，忽突睁两眼，看看彩云，大声叹息道："天地耶？鬼神耶？何人欲之溺人如此耶？我双星之慕小姐，几不能生；小姐为我双星，已甘一死。恩如此，爱如此，自应生生世世为交颈鸳鸯，为连理树。奈何遗骨未埋，啼痕尚在，早坐此花烛之下，而对芳卿之欢容笑口，饮合卺卮耶？使狗彘有知，岂食吾余？双星，双星，何不速傍烟销，早随灯灭，也免得出名教之丑，而辱我蕊珠小姐也！"哀声未绝，早涕泗滂沱，而东顾西盼，欲寻死路。

彩云见双星情义激烈，因暗忖道："此事只宜缓图，不可急取。急则有变，缓则终须到手。"因急上前再三宽慰道："状元不必认真，适才之言，乃贱妾以试状元之心耳。状元以千秋才子，而独定情于先姐，先姐以绝代佳人，而一心誓守状元，此贱妾之深知也。贱妾何人，岂不自揣，焉敢昧心蒙面，而横据鹊巢，妄冀状元之分爱？不过奉先姐之遗命，欲以窃状元半子之名分，以奉两亲耳。今名分既已正矣，先姐之苦心，亦已遂矣。至于贱妾，娇非金屋，未免有玷玉堂，吐之弃之，悉听状元，贱妾何敢要求?”

双星听了，方才破涕说道：“贤卿若能怜念我双星至此，则贤卿不独是双星之知己，竟是保全我双星名节之恩人矣。愿借此花烛之光，请与贤卿重订一盟，从此以至终身，但愿做堂上夫妻，闺中朋友，则情义两全矣。”彩云道：“此非状元之创论，‘琴瑟友之’，古人已先见之于诗矣。”双星听了，不觉失笑。二人说得投机，因再烧银烛，重饮合欢，直尽醉方止。彩云因命侍妾另设一榻，请状元对寝。正是：

情不贪淫何损义，义能婉转岂伤情。

漫言世事难周到，情义相安名教成。

到了次日，二人起来，双星梳洗，彩云整妆，说说笑笑，宛然与夫妻无疑。因三朝不出房，双星与彩云相对无事，因细问小姐且别来行径。彩云说到小姐别后题诗相忆，双星看了，又感叹一回。彩云说到赫公子求亲，被袁空骗了，及打猎败露之事，双星听见，又笑了一回。及彩云说到姚太监挟圣旨威逼之事，双星又恼怒了一回。彩云再说到小姐知事不免，情愿拼一死，又不欲父母闻知，日间不敢高声，只到深夜方哀哀痛哭之事，双星听了，早已柔肠寸断。彩云再说出小姐苦苦求父母收贱妾为女，再三结贱妾为姊妹，欲以续状元之盟，又恐状元不允，挑灯滴泪写书之事，双星听不完，早已呜呜咽咽，又下哀猿之泪矣。

哭罢，因又对彩云说道："贤卿之意，我岂不知？芳卿之美，我岂不爱？无奈一片痴情，已定于蕊珠小姐，欲遣去而别自寻欢，实所不能，亦所不忍！望贤卿鉴察此衷，百凡宽恕。"彩云道："望沾雨露，实草木之私情；要做梅花，只得耐雪霜之寒冷。小姐只念一盟，并无交接，尚赴义如饴，何况贱妾，明承花烛，已接宠光，纵枕席无缘，而朝朝暮暮之恩爱有加，胜于小姐多矣，安敢更怀不足！状元但请敦伦，勿以贱妾介意。"双星听了大喜道："得贤卿如此体谅，衔感不尽。"因欢欢喜喜过了三朝，同出来拜见父母。

江阁老与夫人，只认做他二人成了鸾交凤友，满心欢喜。双星因说道："小婿蒙岳父、岳母生死成全，感激无已。不独半子承欢，而膝下之礼，誓当毕尽！但恨王命在身，离京日久，不敢再留，只得拜别尊颜，进京复命。稍有次第，即当请告归养，以报大恩，万望俯从。"

江阁老道："别事可以强屈，朝廷之事，焉敢苦羁，一听荣行。但二小女与状元新婚燕尔，岂可速别？事在倥偬，又不敢久留，莫若携之以奉衾被，庶几两便。"双星道："小婿勉从花烛者，只不过欲借二小姐之半子，以尽大小姐之孝，而破二大人之寂寞，非小婿之贪欢也。若携之而去，殊失本旨。况小婿复命之后，亦欲请旨省亲，奔波道路，更觉不宜。只合留之妆阁，俟小婿请告归来，再偕奉二大人为妙。”江阁老道：“状元处之甚当。”遂设酒送行。又款留了一日，双星竟开船复命去了。正是：

来是念私情，去因复王命。

去来甜苦心，谁说又谁听。

双星进京复命，且按下不提。

却说江夫人闲中，偶问及彩云，双星结亲情义何如，彩云方将双星苦守小姐之义，万万不肯交欢之事，细细说了一遍。夫人听了，虽感激其不忘小姐，却恐怕彩云之婚，又做了空帐，只得又细细与江阁老商量。

江阁老听了，因惊怪道：“此事甚是不妥，彩云既不曾与他粘体，他这一去，又不知何时重来。两头俱虚，实实没些把臂。他若推辞，反掌之事。”夫人道：“若是如此，却将奈何？”江阁老道：“我如今有个主意了。”夫人道：“你有什么主意？”江阁老道：“我想鸠鹊争巢，利于先入。双婿既与彩云明偕花烛，名分已正，其余闺阁之私，不必管他。我总闲在此，何不拼些工夫，竟将彩云送至蜀中，交付双亲母做媳妇。既做了媳妇，双婿归来，纵不欢喜，却也不能又生别议。况双婿守义，谅不别娶。归来与二女朝朝暮暮，雨待云停，或者一时高兴，也不可知。若到此时，大女所托之事，岂不借此完了！”

夫人听了，方大喜道：“如此甚妙。但只愁你年老，恐辛苦去不得。”江阁老道：“水有舟，旱有车马，或亦不妨。”夫人道：

“既如此，事不宜迟，须作速行之。”江阁老因吩咐家人，打点入蜀。只因这一入蜀，有分教：

才突尔惊生，又不禁喜死。

不知后事如何，且听下回分解。

第十六回

节孝难忘半就半推愁忤逆　死生说破大惊大喜快团圆

词云：

眼耳虽然称的当。若尽凭他，半是糊涂账。花事喧传风雨葬，谁知原在枝头放。死去人儿何敢望。花烛之前，忽见他相傍。这喜陡从天上降，早惊破现团圆相。

——右调《蝶恋花》

话说江阁老算计定，要送二小姐入蜀，因命家人打点行装备具舟楫，择日长行。彩云与夫人作别而去，且按下不题。

却说双星进京复命，一路府县官知他是钦差，又是少年状元，无不加礼迎送，甚是风骚。双状元却一概辞免。一日行到了天津卫地方，双状元因念小姐死节于此，遂吩咐住船，叫手下在河边宽阔处，搭起一座篷厂来，请了十二个高僧，做佛事超荐江蕊珠小姐。道场完满，又亲制祭文，身穿素服，着人摆设祭礼，自到河边再三哭奠。因命礼生读祭文道：

惟某年某月某日，新科状元赐一品服奉使海外封王孝夫双星，谨以香烛庶馐之仪，致祭于大节烈受聘未婚双夫人江小姐之灵曰：呜呼！夫人何生之不辰耶？何有缘而又无缘耶？夫人钟山川之秀气，生台阁之名门，珠玉结胎，冰霜赋骨，闺才倾绝代，懿美冠当时。使皇天有知，后土不昧，先播淑风，早承圣命，则今日友配青宫，异日母仪天下，安可量耶？奈何父兮母兮误许书生，又恨贫兮贱兮未迎之子，适圣世之流彩无方，忽一旦而宠诏自天，乃贞女之讲求有素，不终日而含笑入地。呜呼，痛哉！何能已也，不知其可也！夫人未尝蹈其辙，是谁之过欤？双星安敢辞其辜！至今夫人游魂已散，而姓字生香；双星热面虽存，而衣冠抱愧。百身莫赎，徒哀哀而问诸水滨；一死未偿，实难容于世上。呜呼！问盟则言犹在耳，问事则物是人非，问婚姻则水流花谢矣。有缘耶？无缘耶？夫人何生之不辰耶？呜呼哀哉！伏惟尚飨。

祭文读罢，双星涕泗交流，痛哭不已，见者无不垂泪。祭毕，双星随即起早进京复命。

到了京中，次早五更入朝，进上各国表章，又将各国贡献的奇珍异宝，一同进上。天子亲自临轩，先看了双星的奏疏，知海外百余国，尽皆宾服，又各有进奉，龙颜大悦。因宣双星上殿，亲赐天语道："遐方恃远，久不来王。今日一旦输诚纳款，献宝称臣，实古所稀有。此皆尔才能应变之所致也，其功不小。"

双星忙俯伏奏道："皇恩浩荡，圣德汪洋，四海皆望风而向化，微臣何功之有！"天子闻奏愈喜，因又说道："尔不辱君命，又有跋涉之劳，其功不可不赏。特赐尔为太子太傅，黼黻皇猷，佐朕之不逮。"双星连忙谢恩，谢毕，因又奏道："臣草莽蒙恩，叨居鼎甲，虽披沥肝胆，亦不能报皇恩于万一。但出使经年，寡母在堂，未免倚闾望切，乞陛下赐臣归里，少效乌鸟三年，再展

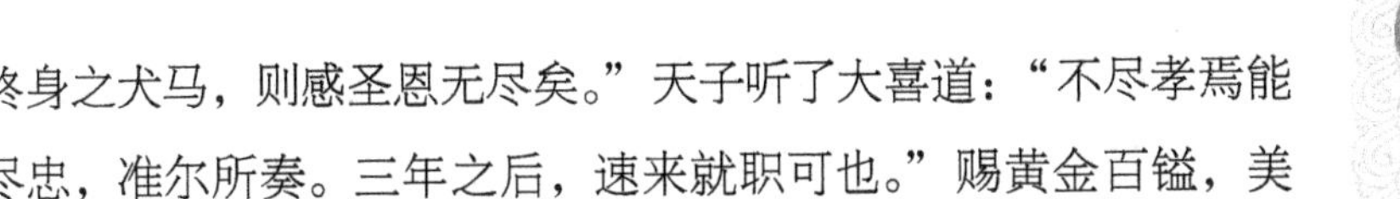

终身之犬马，则感圣恩无尽矣。”天子听了大喜道：“不尽孝焉能尽忠，准尔所奏。三年之后，速来就职可也。”赐黄金百镒，美锦百端。双星谢恩退出。百官闻知，尽来恭贺。

双星恐怕在京耽延，又生别议，遂连夜收拾，次早即辞朝出京，及屠驸马闻知，再打点同公主入朝恳天子赐婚状元，而状元已离京远矣。无可奈何，只得罢了。正是：

夜静休将香饵投，鳌鱼早已脱金钩。

洋洋圉圉知何处，明月空叫载满舟。

双星请告出京，且按下不提。

却说江阁老同了彩云小姐并侍从，望四川而来，喜得一路平平安安，不日到了双流县，寻了寓处住下，随命家人到双家去报知。家人寻到了，因对门上人说道：“我是浙江江阁老老爷家的家人，有事要禀见太夫人。”门上人见说是江小姐家里人，便不敢停留，即同他到厅来见夫人。

江家人见了夫人，忙磕头禀道：“小人是浙江江太师老爷家家人，双状元与家老爷是翁婿。前日双状元已在本府，与小夫人结过亲了。今状元爷进京复命，故家老爷亲送小夫人到此，拜见老夫人。今已到在寓处，故差小人来报知。”

双夫人听了这番言语，竟不知这小夫人，又是谁人，心中疑惑，一时不好回言，只得起身入内，与小姐说知。小姐听了，又惊又喜又狐疑，想道：“终不成我父亲直送彩云到此。”因对双夫人说道：“婆婆可叫来人见我。”

双夫人忙着人去叫。江家人见叫他入内，只得低着头走进，到了内厅前檐下。小姐早远远看见是江安，忙叫一声：“江安，你可知我小姐在此么？”

那江安忽听见有人叫他名字，不知是谁，忙抬头往厅上一看，忽见蕊珠小姐，坐在双夫人旁边，再看是真，直吓得魂魄俱无。不禁大叫一声道：“不好了！”就往外飞跑去了。小姐忙叫家人去赶转。家人因赶上扯住他道：“小夫人叫你说话，为何乱跑？”

江安见有人扯他，忽得只是乱推乱挣道：“爷爷饶了我罢！我一向听得人说，四川相近酆都城，有鬼，今果然有在你家。吓杀人也！吓杀人也！”双家人笑道：“老兄不要慌，鬼在那里？”江安道：“里面坐的小姐，岂不是鬼？”双家人道：“老哥不要做梦了，小姐虽传说投河死了，却喜得救活在此，你不要着惊。”

江安听了，又惊又喜道：“果是真么？你不要哄我。”双家人道：“我哄你做甚，快去见小姐！”江安方定了神，又跑进来，看着小姐，连连磕头道：“原来小姐果然重生了，这喜是那里说起？”小姐道：“且问你，老爷为何到此，夫人在家好么？”

江安道：“老爷与夫人身体虽喜康健，只因闻了小姐的死信，也哭坏了许多。老爷此来，是为二小姐与双状元已结过亲，因双状元进京，故送二小姐来侍奉老夫人。谁知无意中遇着小姐，真是喜耶！待小人快去报知老爷与二小姐，也使他们欢喜欢喜。”

小姐听了，也不胜欢喜。因吩咐江安道：“你先去报知也好，我这里随后就有轿马来接。”江安急急去了。小姐就与双夫人说明，忙差青云、野鹤，领着轿马人夫去迎请。

江阁老已有江安报知，喜个不了，巴不得立刻就来相见。及轿马到了，一刻也不停留，就同彩云上轿而来。小姐听见父亲到了，忙亲自走到仪门口，接了进来。到得厅上，先父女抱头大哭一场，又与彩云执手悲伤了一遍，然后欢欢喜喜说道："今生只道命苦，永无相见之期，谁知皇天垂佑，又得在此相逢，真人生侥幸也。"

小姐先拜了父亲，就与彩云交拜。拜毕，方请双夫人带着双辰出来相见。相见过，彼此称谢。蕊珠小姐又与双夫人说明彩云小姐续盟之事，又叫彩云拜了婆婆。双夫人不胜之喜，因命备酒，与亲家洗尘，全家欢喜不过。正是：

当年拆散愁无奈，今日相逢喜可知。

好向灯前重细看，莫非还是梦中时。

大家吃完团圆喜酒，就请江阁老到东边厅里住下。彩云小姐遂请入后房，与蕊珠小姐同居，二人久不会面，今宵乍见，欢喜不过，就絮絮聒聒，说了一夜。说来说去，总说的是双状元有情有义，不忘小姐之事。蕊珠小姐听了，不胜感激。因暗暗想道："当日一见，就知双郎是个至诚君子，故赋诗寓意，而愿托终身。今果能死生不变，我蕊珠亦可谓之识人矣。但既见了我的书，肯与彩云续盟，为何又坐怀不乱？只这一句话，尚有三分可疑。"也不说破，故大家在闺中作乐，以待状元归来，再作道理。

过了月余，江阁老就要辞归，蕊珠小姐苦苦留住，那里肯放。又恐母亲在家悬望，遂打发野鹤，先去报喜。江阁老只得住下。又过不得月余，忽有报到，报双状元加了太子太傅之衔，钦赐荣归养亲，大家愈加欢喜。

江小姐闻知，因暗暗对双夫人说道："状元归时，望婆婆且莫说出媳妇在此，须这般这般，试他一试，方见他一片真心。"双夫人听了道："有理，有理，我依你行。"遂一吩咐了家下人。

又过不得些时，果然状元奉旨驰驿而还。一路上好不高兴，十分荣耀。到了成都府，早有府官迎接。到了双流县，早有县官迎接。双夫人着双辰直迎至县城门外。双星迎接到家，先拜了祖先，然后拜见母亲道："孩儿只为贪名，冬温夏凉之礼，与晨昏定省之仪皆失，望母亲恕孩儿之罪。"双夫人道："出身事主，光宗耀祖，此大孝也，何在朝夕。"兄弟双辰，又请哥哥对拜。拜毕，双夫人因又说道："浙江江亲家，远远送了媳妇来，实是一团美意。现住在东厅，你可快去拜见谢他。"双星道："江岳父待孩儿之心，实是天高地厚。但不该送此媳归来，这媳妇之事，却非孩儿所愿，却怎生区处？"双夫人道："既来之，则安之，有话且拜见过再说。"

双星遂到东厅，来拜见江阁老道："小婿因归省心急，有失趋侍，少答劬劳，即当晨昏子舍，怎反劳岳父大人跋涉远道，叫小婿于心何安？"江阁老道："儿女情深，不来则事不了，故劳而不倦，状元宜念之。"说不完，彩云早也出来见了。见毕，双星因说道："事有根因，我双星与贤卿所续之盟，是为江非为双也。贤卿为何远迢迢到此？"彩云因答道："事难逆料，状元与贱妾所守之戒，是言死而非言生也，贱妾是以急忙忙而来。"

双星听了，一时摸不着头路。因是初见面，不好十分抢先，只得隐忍出来，又见母亲。双夫人因责备他道："你当先初出门时，你原说要寻一个媳妇，归来侍奉我。后秋试来家，你又说寻着了江家小姐，幸不辱命。今你又侥幸中了状元，江阁老又亲送女儿来与你做媳妇，自是一件完完全全的美事，为何你反不悦？莫非你道我做母亲的福薄，受不起你夫妻之拜么？"双星道："母亲不要错怪了孩儿，孩儿所说寻着了江家小姐，是大女蕊珠小姐，非二女彩云小姐也。"

双夫人道："既是大小姐，为何江亲家又送二小姐来？"双星道："有个缘故，大小姐不幸遭变，为守孩儿之节死了，故岳父不欲寒此盟，又苦苦送二小姐来相续。"双夫人道："续盟之意，江亲家可曾与你说过？"双星道："已说过了。"双夫人道："你可曾应承？"双星道："孩儿原不欲应承，只因大小姐有遗书再三嘱托，孩儿不敢负他之情，故勉强应承了。"双夫人道："应承后可曾结亲？"双星道："亲虽权宜结了，孩儿因忘不得大小姐之义，却实实不曾同床。"

双夫人道："你这就大差了。你虽属意大小姐，大小姐虽为你尽节，然今亦已死矣。你纵义不可忘，只合不忘于心，再没个身为朝廷臣子，而守匹夫不娶小节之理。江亲家以二小姐续盟，自是一团美意。你若必欲守义，就不该应承，就不该结亲；既已结亲，而又不与同床，你不负心固是矣，而此女则何辜？殊觉不情。况你在壮年，不遂家室，将何以报母命？大差，大差！快从母命，待我与你再结花烛。"双星道："母亲之命，焉敢有违。但不必同床，却是孩儿报答蕊珠小姐之一点痴念，万万不可回也。”

双夫人笑一笑道：“我儿莫要说嘴，倘到其间，这点痴念，只怕又要回了，却将如何?”双星说到伤心，不觉凄然欲哭道：“母亲，母亲，若要孩儿这点痴回时，除非蕊珠小姐再世重生，方才可也。”双夫人听了，又笑一笑道：“若是这等说，我要回你的痴念头便容易了。”双星也只说母亲取笑，也不放在心上。

双夫人果然叫人拣了一个黄道吉日；满厅结彩铺毡，又命乐人鼓乐喧天，又命家人披红挂彩，又命礼生往来赞襄，十分丰盛热闹。到了黄昏，满厅上点得灯烛辉煌。礼生喝礼，先请了状元新郎出来，然后一阵侍妾簇拥着珠冠霞披阁老小姐出来，同拜天地，又同拜母亲双夫人，又同拜泰山江阁老。拜毕，然后笙箫鼓乐，迎入洞房。正是：

白面乌纱正少年，琼姿玉貌果天然。

若非种下风流福，安得牵成萝茑缘！

状元与小姐到了房中，虽是对面而坐，同饮合欢，却面前摆着两席酒，相隔甚远。席上的锭盛糖果，又高高堆起，遮得严严，新人虽揭去盖头，却璎珞垂垂，挂了一面，那里看得分明。况双星心下已明知是彩云小姐，又低着头不甚去看，那里知道是谁。左右侍妾，送上合卺酒来，默饮了数杯，俱不说话。

又坐了半晌，将有请入鸳帏之意，双星方开口对着新人说道：“良宵花烛，前已结矣。合卺之卮，前已饮矣。今夕复举者，

不过奉家慈之命，以尽贤卿远来之意。至于我双星感念令先姐之恩义，死生不变，此贤卿所深知，不待今日言矣。分榻而寝，前已有定例，不待今日又讲矣。夜漏已下，请贤卿自便，我双星要与令先姐结梦中之花烛矣。疏冷之罪，统容荆请。"

说罢就要急走出房去，只见新人将双手分开面上的珠络，高声叫道："双郎，双郎，你看我是那个！你果真为我蕊珠多情如此耶？你果真为我蕊珠守盟如此耶？我江蕊珠获此义夫，好侥幸耶！"

双星突然听见蕊珠小姐说话，吃了一惊，再定睛一看，认得果是蕊珠小姐。这一喜非常，便不问是生是死，是真是假，忙走上前，一把抱定不放。道："小姐呀，小姐呀！你撇得我双星好狠耶！你想得双星好苦耶！你今日在此，难道不曾死耶！你难道重生耶？莫非还是梦耶？快说个明白。"小姐道："状元不须惊疑，妻已死矣，幸得有救，重生在此。"双星道："果是真么?"小姐道："若不是真，小妹缘何在此?"

双星方大喜道："贤妹果重生，只怕我双星又要喜死耶！贤妹呀，贤妹呀！且莫说你为我双星投河而死之大节，即遗书托令妹续盟这一段委曲深情，也感激不尽！"小姐道："状元为我辞婚屠府，而甘受海上风涛之险，这且慢论，只舍妹续盟一段，而状元既念妻之情而不忍违，又守妾之义而断不染，真古今钟情人所未有，叫我小妹如何不私心喜而生敬！"

双星道："此一举，在贤妹可以表情，在愚兄可以明心，俱得矣。只可怜令妹，碌碌为人，而徒享虚名，毫无实际。他一副娇羞热面，也不知受了我双星多少抢白；他一片恳款真心，我双星竟不曾领受他半分。今日得与夫人相见，而再一回思，殊觉不情，不能无罪。明日还求贤妹，率我去负荆以请。”蕊珠小姐道：“这也不消了。舍妹前边的苦尽，后面自然甘来，何须性急。可趁此花烛，着人请来，当面讲明，使大家欢喜。”

侍妾才打帐去请，原来彩云此时正悄悄伏在房门外，听他二人说话，听到二人说他许多好处，再听见叫侍妾请他，不待请竟揭开房帏，笑嘻嘻走了入来。说道：“二新人幸喜相逢，我小妹也只得要三曹对案了。状元疑小姐的手书是假，今请问小姐是假不是假？姐姐疑状元与妹子之花烛，未必无染，今请问状元是有染是无染？”

双星与蕊珠小姐一起笑说道：“手书固然是真，而续盟亦未尝假。从前虽说无染，而向后请将颜色染深些，以补不足，亦未为不可。二小姐何必这等着急？”彩云听了，也忍不住笑将起来。双星因命撤去套筵，重取芳樽美味，三人促膝而饮。细说从前许多情义，彼此快心。直饮到醉乡深处，方议定今宵巫峡行云，明夕阳台行雨，先送彩云到高唐等梦，然后双星携蕊珠小姐，同入温柔，以完满昔日之愿。正是：

人心乐处花疑笑，好事成时烛有光。

不识今宵鸳帐里，痴魂消出许多香。

到了次夜，蕊珠小姐了无妒意，立逼双郎与彩云践约。正是：

记得闻香甘咽唾，常羞对美苦流涎。

今宵得做鸳鸯梦，这段风流岂羡仙。

双星闺中快乐，过了三朝，然后重率大小两个媳妇，拜见婆婆。双夫人见他一夫二妇，美美满满，如鱼水和谐，怎么不喜。又同拜见岳丈，江阁老更是欣然。大家欢欢喜喜，倏忽过了半年。

江阁老见住久，忽思量要回去。双星因与母亲商量道："两个媳妇，本该留在家中，侍奉母亲。但岳父母老年无子，叫他独自回去，却于心不安。"双夫人道："江亲家将两个女儿嫁你，原图你作半子之靠，若一旦留下两个媳妇，岂不失他之望！况你自幼原过继与他为子，就不赘你为婿，也不该忘恩负义。何况招赘之后，又有许多恩义，怎生丢得下。你自同两个媳妇，去完你之事，不须虑我，我自有双辰侍奉。况双辰已列青衿，又定了亲事，自能料理家事。"

双星听了，一时主张不定。转是两个媳妇不肯。道："岂有媳妇不事婆婆之理！既是叔叔料理得家事，何不连婆婆也接了同去，只当随子赴任，庶几两便。"双夫人却不得媳妇之情，只得允了。便急急替双辰完了亲事，然后一同往浙，到了江府。

江夫人久已有野鹤报知，今日母子重逢，其乐非常。又见双星同双夫人俱来，知是长久之计，更加欢喜。从此两家合作一家，骨肉团圆，快乐无穷。后来双星的官，也做到侍郎，无忝父亲书香一脉。又勉励兄弟双辰，也成了进士。蕊珠与彩云各生一子，俱登科甲。江阁老夫妻，俱是双星做了半子送终。又以一子，继了江姓。双星恩义无亏，故至今相传，以为佳话。有诗为证：

眼昏好色见时亲，意乱贪花处处春。
唯有认真终不变，故今传作定情人。